PAKKAL

Le secret de Tuzumab

Dans la série Pakkal

Pakkal, Les larmes de Zipacnà, roman, 2005.

Pakkal, À la recherche de l'Arbre cosmique, roman, 2005.

Pakkal, La cité assiégée, roman, 2005.

Pakkal, Le codex de Pakkal, hors série, 2006.

Pakkal, Le village des ombres, roman, 2006.

Pakkal, La revanche de Xibalbà, roman, 2006.

Pakkal, Les guerriers célestes, roman, 2006.

MAXIME ROUSSY

Pakkal
Le secret de Tuzumab

LES INTOUCHABLES

Les Éditions des Intouchables bénéficient du soutien financier de la SODEC, du Programme de crédits d'impôt du gouvernement du Québec et sont inscrites au Programme de subvention globale du Conseil des Arts du Canada.

Nous reconnaissons l'aide financière du gouvernement du Canada par l'entremise du Programme d'aide au développement de l'industrie de l'édition (PADIÉ) pour nos activités d'édition.

LES ÉDITIONS DES INTOUCHABLES
816, rue Rachel Est
Montréal, Québec
H2J 2H6
Téléphone : 514 526-0770
Télécopieur : 514 529-7780
www.lesintouchables.com

DISTRIBUTION : PROLOGUE
1650, boulevard Lionel-Bertrand
Boisbriand, Québec
J7H 1N7
Téléphone : (450) 434-0306
Télécopieur : (450) 434-2627

Impression : Transcontinental
Infographie : Geneviève Nadeau et Roxane Vaillant
Maquette de la couverture et logo : Benoît Desroches
Illustration de la couverture : Boris Stoilov

Dépôt légal : 2007
Bibliothèque et Archives nationales du Québec
Bibliothèque nationale du Canada

ISBN-10 : 2-89549-280-8
ISBN-13 : 978-2-89549-280-1

Résumé des péripéties précédentes

Nalik, membre de l'ancienne bande des Fourmis rouges dirigée par Selekzin, n'est pas mort, même s'il a été avalé par le géant Cabracàn, dieu des Tremblements de terre. Dans le ventre du géant, il rencontre Ta Nil, un être aux yeux jaunes et lumineux avec de longs doigts au bout desquels se trouvent des bouches.

Après avoir été englouti par une formidable masse d'eau que Cabracàn vient d'avaler, il se trouve face à Buluk-Kab, le dieu des Inondations et des Noyades, et alors qu'il va perdre la bataille, il est extirpé de l'eau *in extremis* par un Maya aux pouvoirs extraordinaires : tout ce qu'il imagine prend forme. L'homme s'appelle Tuzumab et affirme qu'il a toujours eu ce pouvoir, mais qu'il était auparavant le seul à en constater les effets. Tandis qu'il offre au garçon de quoi se désaltérer, sa voix change brusquement. Debout sur le *tunich* à Palenque, c'est Pakkal qui parle à Nalik par l'entremise de l'homme. Ohl Mat, son grand-père, lui a dit que la Fourmi rouge allait pouvoir le renseigner sur

9

les guerriers célestes, les seuls pouvant aider Palenque, dont l'armée se trouve mal en point, à se défendre contre l'attaque imminente de Xibalbà. Nalik promet de demander à Tuzumab.

Alors que Pakkal et Laya discutent de Chini'k Nabaaj, l'autre partie du Hunab Ku du prince, Serpent-Boucle, roi de Calakmul, intervient. Il affirme que l'attaque de Xibalbà n'aura lieu que le lendemain. Cependant, la discussion se termine mal: Serpent-Boucle s'enfonce dans la Forêt rieuse malgré l'inter-diction du prince.

Même si la forêt est infestée de chauveyas, Pakkal et Laya se lancent à sa poursuite. Des chiens féroces se jettent sur eux: il s'agit des deux molosses qu'Ah Puch a offerts à Selekzin. Le prince se défend du mieux qu'il le peut, alors que Laya est renversée. Le fils de l'ancien grand prêtre Zine'Kwan affronte Pakkal et une bagarre s'ensuit. Selekzin parvient à agripper Laya et à poser ses lèvres sur les siennes.

La situation se corse. Selekzin ordonne à ses chiens de tuer le prince. Pakkal devient Chini'k Nabaaj et se débarrasse des cabots. Son adversaire profite de la situation pour lui faire une offre: se joindre à lui pour anéantir Palenque et détrôner Ah Puch de Mitnal, le neuvième et ultime niveau de Xibalbà.

Entre-temps, Tuzumab explique à Nalik comment faire pour atteindre les guerriers célestes. Il faut retrouver une petite fille du nom de Neliam et lui remettre la poupée qu'elle a égarée.

Selekzin ensevelit Pakkal sous des troncs d'arbres. Laya se précipite dans la cité pour quérir de l'aide. Zipacnà libère le prince.

Les Doigtés et leur chef, Ta Nil, retrouvent Nalik et Tuzumab, et leur disent que leur Umab, leur dieu, veut les rencontrer. Tuzumab réagit bizarrement et devient agressif. Nalik calme le jeu.

Dans la cité, même si un violent combat vient d'avoir lieu contre Selekzin, Laya semble éprouver de doux sentiments à son égard, au grand dam du prince qui lui rappelle qu'il s'agit de l'un des êtres les plus mesquins qui soient. Kinam, chef de l'armée de Palenque, avertit Pakkal que les chauveyas se sont rapprochés. Celui-ci lui rétorque qu'il sait de source sûre que l'attaque aura lieu, sans pour autant être imminente. Il se dirige ensuite vers le *tunich* afin de discuter avec Nalik qui, prisonnier d'un cocon sécrété par les Doigtés, est amené devant Umab, la poupée de Neliam. Par l'entremise de Tuzumab, il transmet cette information à Pakkal, lequel part à la recherche de Cabracàn avec Laya, Pak'Zil le scribe, Frutok le hak et

Takel la maîtresse des jaguars. En s'engouffrant dans la Forêt rieuse, ils sont attaqués par des chauveyas et rencontrent un des seigneurs de la Mort, Troxik, qui les neutralise en les faisant s'enfoncer dans le sol. Pakkal utilise son don et demande l'aide de mille-pattes afin de ne pas être avalé par la terre. Après moult péripéties, ses compagnons et lui s'en sortent.

Dans le ventre de Cabracàn, Tuzumab permet à Nalik et à la poupée de sortir de leur prison, mais Ta Nil et ses Doigtés, qui veulent dévorer les deux Mayas, projettent sur eux une substance gluante qui a pour effet de les immobiliser. Tuzumab crée une ouverture permettant à Nalik et à Neliam de se sauver, mais il ne les suit pas, préférant demeurer dans le ventre du géant. Une fois que Nalik est à l'extérieur, Cabracàn essaie de l'écraser.

Ah Puch et ses sbires sont réunis dans la forêt sous prétexte de prier. Pakkal et plusieurs membres de l'Armée des dons assistent à un phénomène étrange: à l'aide de son bâton surmonté d'un anneau, Ah Puch parvient à faire coucher Hunahpù, le soleil. Le prince comprend qu'il veut accélérer l'arrivée du matin pour attaquer la cité le plus rapidement possible.

Le baiser que Selekzin a donné à Laya l'a rendue follement amoureuse, à un point tel qu'elle révèle au fils de l'ancien grand prêtre les plans de Pakkal visant à libérer les guerriers célestes.

Nalik parvient à échapper à Cabracàn, puis tombe sur Selekzin qui veut s'en prendre à Pak'Zil. Il essaie de défendre le scribe, mais Selekzin le frappe et s'empare de la poupée. Pak'Zil utilise le sifflet que Kalinox le vieux scribe lui a donné et demande de l'aide à des dizaines de singes hurleurs.

Le coucher précipité du soleil provoque une intense fatigue chez Pakkal et ses camarades. Katan, qui ne semble pas aussi affecté que les autres, se charge de les transporter, un à un, au sommet d'une montagne. Le vaillant soldat trouve inopinément Laya, Pak'Zil et Nalik endormis, et se fait un devoir de les amener au même endroit.

Pakkal est réveillé par Itzamnà, ce dernier a pris la forme d'un serpent à plumes. L'heure est grave et il faut agir. Itzamnà lui demande de plonger sa main dans le feu. Le prince hésite avant d'obéir. Il en extirpe Hunahpù, l'un des Jumeaux héroïques. Tant et aussi longtemps qu'il sera là, le jour ne se lèvera pas. Hunahpù indique à Pakkal où se trouve Neliam, la petite fille qui lui permettra d'accéder aux guerriers célestes.

La course entre Xibalbà et Pakkal s'amorce. C'est à qui parviendra à trouver la petite fille le premier. Alors qu'Ah Puch envoie des milliers de chauveyas dans toutes les directions pour la chercher, Pakkal bénéficie de l'aide de Hunahpù qui peut se déplacer instantanément là où il le désire. Accompagnés de Katan, ils se rendent dans les environs d'Uxmal, là où se trouvent les Marches perpétuelles qui permettent d'accéder aux guerriers célestes.

Le prince de Palenque retrouve Neliam et, quelques minutes plus tard, Ah Puch et Buluc Chabtan les rejoignent. Mais la petite fille ne veut pas leur dire où sont situées les Marches perpétuelles et elle est punie : Ah Puch lui fait subir la torture de la peur.

La colère de Pakkal devient incontrôlable et il se transforme en Chini'k Nabaaj. Il affronte alors Troxik, mais est maîtrisé et redevient K'inich Janaab. C'est alors qu'apparaît sa mère, dont le corps et l'esprit ont été transformés par son introduction dans le Monde inférieur. Le prince est troublé, mais parvient tout de même à s'emparer de la lance de Buluc Chabtan, seule arme susceptible de venir à bout d'un seigneur de la Mort, et à s'enfuir. Hunahpù le mène aux Marches perpétuelles et, après avoir bataillé ferme, notamment avec Cabracàn, Pakkal arrive à destination et rencontre le père de Neliam. Mais Troxik est aussi de la partie et projette le prince dans le vide. La chute est réputée comme étant éternelle.

Pakkal est sauvé par les guerriers célestes. Ils ont vu leur chef, Docatl, père de la défunte Neliam, être agressé par Troxik. Il intervient au bon moment et réussit à planter la lance de Buluc Chabtan dans le corps du seigneur de la Mort. Troxik est dévoré par les insectes qui jaillissent de sa plaie.

Docatl ordonne alors à ses guerriers de venir en aide à Pakkal et à sa cité, Palenque.

Tuzumab, entre-temps, est sorti du ventre de Cabracàn et attend impatiemment, en bas des Marches perpétuelles, le retour de Pakkal.

Un homme se tenait au bas des Marches perpétuelles. Un homme que Pakkal ne croyait pas connaître. Il faisait encore nuit, et le prince ne distingua qu'une forme floue.

– Qui êtes-vous ? demanda-t-il.

L'homme fit un pas. Nerveux, Pakkal ordonna :

– Ne bougez pas !

Et si c'était un autre seigneur de la Mort ? Le garçon ne voulait prendre aucun risque.

L'inconnu fit comme s'il n'avait rien entendu. Il continua de s'approcher. Pakkal pointa sa lance dans sa direction.

– Chac !

Un éclair jaillit de l'arme et termina sa course sur un buisson qui s'enflamma aussitôt. L'homme leva les bras et cria :

– C'est moi, petit singe !

« Petit singe. » Ces deux mots résonnèrent dans la tête de Pakkal. Les flammes qui se dégageaient du buisson lui permirent de voir le visage de l'homme. Dire qu'il eut un choc lorsqu'il croisa le regard de Tuzumab serait un euphémisme. Il eut l'impression qu'on lui avait planté un couteau d'obsidienne en pleine poitrine. Le prince n'en revenait pas : au bas des Marches perpétuelles se tenait son père.

On avait dit qu'il s'était enfui. On avait laissé entendre qu'il était mort. Lorsqu'il s'était retrouvé au pied de l'Arbre cosmique, grâce à ses Lunes noires, Pakkal l'avait entr'aperçu. Rien n'avait jamais été clair au sujet de son père. Et personne ne voulait vraiment lui en parler, pas même sa grand-mère, pourtant reconnue pour son franc-parler. Un profond malaise s'installait lorsqu'il était question de lui. Un malaise si palpable que le prince avait compris qu'il valait mieux ne pas aborder le sujet.

Ce fut lui qui brisa le silence :

– *Taat*[1] ?

L'homme enleva la poussière qui s'était accumulée sur ses mains lorsqu'il avait déplacé les pierres pour libérer le corps de la petite Neliam.

– Petit singe, dit Tuzumab.

Le cœur de Pakkal battait la chamade. Il fut pris de nausée. Ses jambes se firent molles. C'était un rêve éveillé. Tuzumab lui fit un signe de la main.

– Qu'attends-tu ? Viens me rejoindre !

Les dernières Marches perpétuelles avaient été détruites, de sorte que le prince dut exécuter quelques acrobaties pour parvenir à rejoindre son père. Une fois qu'il fut sur le sol, Tuzumab ouvrit les bras.

– Tu as tellement grandi !

Tuzumab serra son fils contre lui. Comme lorsqu'il était plus jeune, Pakkal eut l'impression d'étouffer en raison de l'ardeur avec laquelle son père l'enlaçait.

– Tu m'as tellement manqué, fit Tuzumab.

Le prince était bouche bée. Dans ses souvenirs, son père était beaucoup plus grand. Il devait donc dire vrai : il avait beaucoup grandi depuis la dernière fois qu'il l'avait vu.

---

1. Père, en maya.

Soudainement, sans avertissement, il sentit une boule enfler dans sa gorge. Troxik lui avait causé de vives émotions, et une grande fatigue le submergea. Comme s'il pouvait, à présent, lâcher prise quelques instants. Comme s'il pouvait se laisser aller à éprouver les émotions normales d'un garçon de douze ans. Il n'était plus le prince de Palenque ayant pour tâche de sauver la Quatrième Création. Il était un enfant qui venait de retrouver son père. Pakkal fut secoué par de violents sanglots qui lui firent fléchir les genoux.

– Ne pleure pas, petit singe, dit Tuzumab. Ne pleure pas…

Pakkal parvint à demander :

– Où… où étais-tu ?

– J'ai dû quitter la cité.

– On racontait que… que tu étais mort.

– Tout cela est du passé. Je ne suis pas mort. Je suis bel et bien ici, avec toi.

Lorsque Pakkal leva le visage vers son père, ses yeux étaient rougis d'avoir pleuré toutes les larmes de son corps. Tuzumab lui tendit la main.

– Relève-toi.

Il observa son fils et lui tapota les épaules.

– Je n'en reviens pas à quel point tu as grandi. Tu es presque un homme maintenant.

– Où étais-tu ? répéta le prince. Que s'est-il passé ? Pourquoi a-t-il fallu que tu quittes la cité ?

– C'est une longue histoire et je ne crois pas que le moment soit venu d'en parler.

– Je veux savoir, insista Pakkal.

– Tu sauras un jour. Je te le promets. Mais je crois qu'il y a des histoires d'adultes que les enfants ne devraient pas connaître.

– Je ne suis plus un enfant ! Tu l'as dit plus tôt !

Tuzumab eut un sourire empreint de tendresse.

– Je constate que tu n'as pas perdu ta vivacité d'esprit. K'inich Janaab, tu seras toujours un enfant pour moi. Tu seras toujours mon fils.

Pakkal sentit qu'il s'engageait sur un terrain glissant.

– Je dois me rendre dans la cité, dit-il. Viens avec moi.

– Non, répondit Tuzumab. Ce n'est pas ma place.

– *Taat*, tu dois venir avec moi. Tu ne peux pas rester ici, la forêt est infestée de chauveyas.

– Tu crois que cela m'effraie ?

Le prince se rappela qu'il n'avait jamais vu son père avoir peur. C'était lui qui lui avait appris à reconnaître, entre autres choses, les bestioles dangereuses. Et même les dangereuses, il les provoquait pour montrer à quel point elles pouvaient être agressives. Pakkal réalisa soudainement que le sang-froid de son père n'était pas à toute épreuve.

– Tu as peur de revenir à Palenque, déclara-t-il.

– Je n'ai pas peur, répliqua Tuzumab.

– Alors, viens avec moi. Il ne pourra rien t'arriver.

Des faisceaux lumineux apparurent dans le ciel et attirèrent l'attention du prince et de son père. Les étoiles se mouvaient rapidement, comme s'il s'agissait d'une chorégraphie d'étoiles filantes.

– Que se passe-t-il? demanda Tuzumab.

– Les guerriers célestes…, marmonna Pakkal.

Le ciel au-dessus de Pakkal et de son père était zébré de rayons lumineux. Puis un point grossit et devint aussi gros que la lune.

Tuzumab prit le bras de son fils.

– Il s'approche dangereusement de nous. Il faut fuir.

Pakkal ne partageait pas l'inquiétude de son père.

– Il ne nous arrivera rien.

Les lieux étaient maintenant complètement illuminés et tout le ciel était couvert d'un nuage blanc immaculé. Malgré tout, le prince n'eut pas à fermer les yeux, puisque la lumière était douce. Tuzumab gardait la tête levée et la bouche ouverte.

– Je n'ai jamais rien vu de tel.

Puis, lentement, la lumière se résorba en un petit point qui sembla tomber du firmament. Dans la forêt, à leur droite, il y eut une déflagration et des flammes s'élevèrent. Pakkal et son père coururent jusqu'au lieu de l'écrasement. Le garçon s'attendait à trouver un grand périmètre brûlé, mais il n'en fut rien. Il s'agissait d'un cercle dont le diamètre n'était pas plus grand que lui. Les flammes s'étaient éteintes et il ne restait plus qu'un rond de fumée.

– Que s'est-il passé ? lança Tuzumab.

Pakkal tapota les cendres avec son pied.

– Je l'ignore.

– Je suis ici, si vous me cherchez, dit une voix.

Pakkal et Tuzumab se retournèrent. Un homme de forte stature, portant un masque qui représentait la tête d'un singe dont la langue était tirée, se tenait devant eux. Sa peau scintillait, comme si chaque pore était une étoile. Dans ses mains, il tenait une poupée.

– Docatl? demanda le prince.

– C'est moi, répondit-il.

– Merci d'être venu.

Le chef des guerriers célestes regarda autour de lui.

– Où est ma fille?

– Suivez-moi, fit Pakkal.

Il lui désigna l'endroit où Neliam était partiellement ensevelie. Alors que Docatl se recueillait, Tuzumab fit signe à son fils qu'il désirait lui parler à l'écart.

– Qu'y a-t-il? l'interrogea le prince.

– Je ne lui fais pas confiance, chuchota son père.

– Pourquoi?

– Il nous veut du mal. Je le sens.

Pakkal lui expliqua que seul Docatl pouvait l'aider à contrer l'attaque imminente de Xibalbà contre Palenque et qu'il avait obtenu l'assentiment du Monde supérieur.

– Tu sauras, mon fils, qu'il ne faut se fier à personne.

Le garçon ne reconnaissait plus son père. Cet homme si aimable était devenu suspicieux. Les yeux de Tuzumab allaient et venaient entre son fils et le guerrier céleste, comme s'il s'attendait à ce que ce dernier lui saute dessus d'un instant à l'autre. Le prince n'avait aucune raison de croire que son grand-père, Ohl Mat, l'avait mis sur une fausse piste. Tuzumab ramassa deux pierres et en tendit une à son fils, lequel la regarda sans comprendre.

– Tiens. Si tu constates que je n'arrive pas à avoir le dessus, tu viendras m'aider. Tu dois viser la tête.

Pakkal laissa tomber la pierre.

– *Taat*... je ne te suis pas. C'est un allié.

Tuzumab observait Docatl, les lèvres retroussées.

– Comment peux-tu en être aussi sûr?

Le prince mit la main sur la pierre que tenait son père.

– Regarde-moi, lui ordonna-t-il.

Mais toute l'attention de son père était concentrée sur le guerrier céleste qui tentait tant bien que mal de dégager le corps de sa fille.

– Regarde-moi, répéta Pakkal.

– Quoi? fit agressivement Tuzumab.

Cette fois, le garçon avait réussi à capter son attention.

– Dépose cette pierre. Elle ne te sera d'aucune utilité. Docatl est là pour nous aider. C'est notre ami.

Tuzumab fit un aller-retour entre son fils et le guerrier céleste. Finalement, il laissa tomber sa pierre. Pakkal ne savait que penser. L'attitude étrange de son père rendait tout à coup les retrouvailles moins joyeuses.

Docatl avait réussi à libérer le corps de sa fille. Il retira son masque et l'observa. Le scintillement de son corps devint moins intense.

– Rappelez-moi quel être ignoble a pu faire cela à ma fille.

Le prince s'approcha. Le visage de Neliam, très sale, affichait un rictus de terreur. Docatl caressa l'une de ses joues.

– Ah Puch, dit Pakkal. Il l'a fait mourir de peur. Je suis désolé, encore une fois.

Le guerrier céleste prit sa fille dans ses bras.

– Si vous le désirez, continua le prince, nous pourrons lui offrir des obsèques dignes de ce nom. Ce serait un honneur pour Palenque de les organiser.

De la tête, Docatl lui fit signe de se reculer.

Le corps du guerrier céleste devint soudainement chatoyant. Pakkal vit Neliam devenir tout aussi scintillante. Docatl retira doucement ses mains. Neliam flottait dans les airs. Son père posa une main sur sa tête, puis une sur ses pieds. Lentement, il les rapprocha. Neliam rétrécissait à vue d'œil. Et plus elle devenait petite, plus sa luminescence augmentait. Entre les mains de Docatl, il n'y avait plus maintenant qu'une boule de lumière. Il l'approcha de sa bouche et l'embrassa. Puis il la projeta dans le ciel où elle se fondit parmi les milliers d'étoiles.

Docatl ramassa son masque et le remit.

– Cet Ah Puch, il fait partie de la même bande que ce géant qui nous a floués?

À l'époque où il faisait partie de Xibalbà et formait, avec son frère Cabracàn, un duo inséparable et destructeur, Zipacnà avait feint sa mort, mort que les quatre cents guerriers avaient orchestrée en lui faisant creuser un trou qui allait devenir, selon eux, sa propre tombe. Le géant avait profité de la fête qui avait suivi et de l'ivresse des guerriers pour projeter dans le ciel la maison qu'ils avaient construite et dans laquelle ils festoyaient.

– Zipacnà? demanda Pakkal.

– Oui, c'est cela.

– Oui…

Le prince se ravisa sur-le-champ:

– Non, plus maintenant. Zipacnà a fait amende honorable et il lutte maintenant contre Xibalbà.

Il y eut un silence.

– Nous allons donc nous battre à ses côtés, fit le guerrier céleste.

– Oui, c'est bien cela.

– Soit. Je tâcherai de convaincre mes guerriers de sa bonne foi, même si j'en doute moi-même.

Pakkal se dit qu'il valait mieux changer de sujet. Il songea à Tuzumab.

– Permettez-moi de vous présenter mon…

Il se retourna, regarda à gauche et à droite. Tuzumab avait profité de la transformation de Neliam en étoile pour disparaître.

● ✸ ●

– *Taat*! *Taat*?

Le prince songea que son père ne pouvait pas être loin. L'obscurité des lieux limitait son champ de vision.

– *Taat*? cria-t-il.

– Que se passe-t-il? demanda Docatl.

– Mon père. Il a disparu.

À ce moment, le cri d'un bébé naissant se fit entendre. Un mandibailé les avait repérés. Pakkal devait quitter les lieux le plus rapidement possible, mais il ne voulait pas partir sans son père. Le mandibailé ne cessait de brailler.

Les yeux plissés, le garçon scruta les alentours.

– Je ne vois rien, grommela-t-il.

– Je peux peut-être vous aider, affirma Docatl.

Il leva les bras en l'air, joignit les mains et se dressa sur la pointe des pieds. Un jet de lumière d'un blanc impeccable, irradiant de ses mains, fut projeté en ligne droite dans le ciel. La lumière diffusée par le jet permit à Pakkal de repérer son père.

Tuzumab se tenait derrière un arbre, recroquevillé. Il se grattait la tête tout en se balançant d'avant en arrière. Le prince alla le rejoindre.

– *Taat*? Que se passe-t-il?

Il agissait comme si Pakkal n'était pas là. Ce dernier sentit la panique s'emparer de lui. Le mandibailé hurlait toujours et le jet de lumière n'allait pas tarder à permettre à Xibalbà de les localiser, même si Docatl avait cessé de le projeter.

– Nous devons partir, dit le prince. Viens, suis-moi.

Il prit le bras de son père et le tira, mais ce dernier refusa de coopérer.

– *Taat*… tu dois me suivre.

– Les voix…

– Quelles voix?

– Celles qui parlent.

– Je n'entends pas de voix. Il n'y a que le mandibailé qui chiale.

27

Tuzumab, les poings serrés, se mit à se frapper violemment la tête. Pakkal tenta de l'en empêcher.

— Non, ne fais pas ça.

— Je n'aurais jamais dû venir ici. Les voix… elles recommencent.

— *Taat*, arrête, tu me fais peur. Je ne comprends rien à ce que tu racontes.

Tuzumab cessa de se balancer et attrapa l'un des poignets de son fils. Il avait les yeux grands ouverts. Il planta son regard dans celui de Pakkal.

— Cède.

La voix de son père avait changé. Elle était devenue plus gutturale.

— Quoi? demanda Pakkal.

— Ne résiste pas. Joins-toi à nous.

Le prince se libéra de l'emprise de son père et tomba sur les fesses. À l'aide de ses jambes, il recula jusqu'à ce qu'il fût arrêté par un rocher. C'était Buluc Chabtan qui lui parlait.

— Rends-toi à Cama Zotz, poursuivit Tuzumab. Il vient te chercher.

— Non, murmura Pakkal.

— Hunahpù a été capturé. C'est la fin. La Quatrième Création sera anéantie. Ce sera pour elle une lente agonie.

— Non, hurla le garçon en posant ses mains sur ses oreilles.

Ce fut alors que des dizaines de chauveyas atterrirent autour de lui en formant un cercle. Puis Pakkal vit apparaître Cama Zotz, lui lança un collier constitué de jades sur lesquels étaient gravés les glyphes qui représentaient les vingt mois de l'année. Le prince le reconnut : il appartenait à Hunahpù. Xibalbà était donc parvenu à le faire prisonnier.

Pakkal prit le collier et le glissa dans sa sacoche. Il releva lentement la tête. Cama Zotz lui tendait une main.

– Non, dit le jeune Maya. Jamais.

Il prit sa lance et pointa Cama Zotz.

– Je préfère la lente agonie à ta compagnie. Chac !

Partant de la pointe de sa lance, un éclair finit sa course sur la poitrine du dieu chauve-souris. Pakkal se releva avec l'intention d'en finir avec lui et de lui planter son arme dans le corps. Mais il fut arrêté par quelques chauveyas.

– Chac !

L'un d'eux s'effondra, mais plusieurs autres apparurent. Pakkal leva la tête : il y en avait maintenant des centaines au-dessus de lui. Et c'étaient seulement ceux que l'obscurité lui permettait de discerner.

Les chauveyas se jetèrent sur lui et formèrent un dôme. Le garçon essayait tant bien que mal de parer les coups de gueule des chauves-souris géantes, mais il ne pourrait pas résister longtemps. Il y en avait trop.

Des cris perçants se firent entendre. Puis Pakkal vit les chauveyas autour de lui exploser en milliers de morceaux incandescents, comme des tisons. Docatl, les bras parallèles au sol, lançait des rayons lumineux provenant de la paume de ses mains. Le prince s'élança vers lui, tout en esquivant les attaques de chauveyas.

Docatl ne ratait aucune de ses cibles.

Pakkal songea à son père et regarda dans sa direction. Même si les chauveyas étaient nombreux, aucun d'eux ne s'en prenait à lui. Il était toujours assis sur le sol, se balançant.

Le prince sentit une douleur vive à l'épaule. Cama Zotz volait à basse altitude et venait de lui planter une de ses griffes dans la peau. Pakkal se retourna et chercha ce qui avait bien pu lui faire aussi mal. Le dieu chauve-souris chargea de nouveau. Cette fois, il atteignit la tête du prince. Pakkal en fut sonné.

– Il pourrait te tuer facilement. Laisse-le te conduire à nous. Ah Puch te fera dieu.

Tuzumab se tenait debout, tout près de Pakkal. Il avait traversé la nuée de chauveyas sans être importuné.

– Jamais! Chac!

Cette fois, Cama Zotz réussit à éviter l'éclair. Il répliqua en chargeant. Pakkal lui donna un coup de lance sur la nuque. Zotz tenta de lui arracher l'arme, mais il reçut une décharge électrique.

Docatl, malgré la puissance de ses rayons lumineux, semblait ne plus pouvoir endiguer le flot d'ennemis. Partout, les chauveyas explosaient, mais leur nombre ne diminuait pas. Le guerrier céleste cessa ses attaques et posa un genou sur le sol. Les chauves-souris géantes profitèrent de cette accalmie pour bondir sur lui.

Cama Zotz faisait maintenant face à Pakkal.

– J'aurai tout essayé, dit Tuzumab, avec la voix du dieu de la Mort subite. Zotz, tue-le!

Cama Zotz déploya ses ailes et ouvrit sa gueule. Lentement, il se mit à tourner autour du prince, tentant de détecter une faille qui lui permettrait de l'atteindre sans être transpercé par la lance.

Le prince serra les dents. Il sentait ses muscles se contracter. Il avait du mal à desserrer les mâchoires. Il posa ses deux genoux sur le sol et laissa tomber sa lance. Cama Zotz s'avança, mais Buluc Chabtan, par l'intermédiaire de Tuzumab, lui ordonna de ne pas bouger.

– Laisse. Je veux le voir se transformer.

Colère. Angoisse. Fureur. Pakkal faisait des efforts surhumains pour ne pas céder à la tentation d'être submergé par ces sentiments si puissants.

Tuzumab s'approcha de son fils et se pencha. Son haleine était fétide.

– Ne résiste pas, dit-il. Plus tu vas le faire, plus tu vas souffrir.

Sur un coup de tête, le garçon empoigna la lance. Son père recula rapidement, de crainte d'être attaqué. Mais, plutôt que de le prendre pour cible, Pakkal pointa la lance vers sa propre poitrine.

– Mais… qu'est-ce?… laissa échapper Tuzumab.

Cela ne fut pas aisé, mais le prince parvint à crier le nom du dieu de la Pluie.

– Ch… Chac!

Une fulguration l'atteignit en plein thorax. La douleur fut si intense qu'il perdit instantanément l'usage de ses membres, comme si l'on avait marqué au fer rouge chacun de ses muscles. La sensation de brûlure fut violente. Pakkal poussa un cri avant de s'effondrer.

La douleur disparut néanmoins aussi rapidement qu'elle était apparue. Même s'il était groggy, comme s'il venait de se réveiller après un cauchemar, le prince avait retrouvé tous ses moyens. Et, surtout, la colère s'était dissipée. Il avait réussi à repousser l'arrivée de Chini'k Nabaaj, la partie sombre de son Hunab Ku.

Il remit la main sur la lance et se redressa. Avant que Cama Zotz ne pût réagir, Pakkal passa la lance sous ses jambes pour le faire chuter, puis posa un pied sur sa poitrine.

– On se revoit à Xibalbà, déclara-t-il en levant sa lance.

Alors qu'il allait la planter dans le corps de Cama Zotz pour l'anéantir, il reçut un violent coup dans le dos. Il glissa sur le ventre et se retourna. C'était Tuzumab.

– Tu savais que ton père était fou? l'interrogea l'homme, maintenant possédé par Buluc Chabtan.

Pakkal se retourna pour lui faire face et se releva.

– Il n'est pas fou, répliqua-t-il.

– Ne savais-tu pas qu'il avait été chassé de Palenque pour cette raison?

Des chauveyas atterrirent aux côtés du prince, tous prêts à le dévorer.

— Ne savais-tu pas que ta propre mère, la belle dame Zac-Kuk, avait ordonné sa mise à mort?

— Non! dit Pakkal. C'est n'importe quoi.

— Et que c'est Kinam qui en a été chargé? Mais ton père est rusé, malgré tout. Il est parvenu à se tirer d'affaire.

Les chauveyas resserraient leur cercle autour du prince. Pakkal se disait que cette explication n'était pas acceptable. Jamais sa mère, si douce et aimante lorsqu'elle avait du temps à lui consacrer, n'aurait pu agir de la sorte. C'était son père. L'homme avec lequel elle l'avait conçu.

— Bien entendu, tu savais que Kinam et ta mère étaient amoureux l'un de l'autre, poursuivit Buluc Chabtan par l'intermédiaire de Tuzumab. Cela les arrangeait que ton père disparaisse.

Non, c'était impossible… Et pourtant, l'explication que Buluc Chabtan venait de lui fournir était plausible. Tout concordait. Il savait sa mère et Kinam très proches. Le tabou lié à la disparition de son père était palpable. Il avait senti chez toutes les personnes avec qui il avait discuté de son père une réticence à aborder le sujet. Même s'il était né à Palenque et qu'il y avait vécu toute sa vie, personne n'avait jamais rien à dire à son sujet. En tant qu'époux de dame Zac-Kuk, il avait pourtant été prince, donc connu de tous.

– Fou, fou, fou…, répéta Tuzumab.

Un souvenir surgit de la mémoire du prince. Alors que Tuzumab était encore à Palenque, Pakkal avait un jour surpris une conversation. Son père et sa mère discutaient du cas d'un vieil homme qui errait dans la cité et parlait seul. Les gens en avaient peur, même s'il n'avait jamais agressé personne. Sa mère voulait le chasser de la cité; son père insistait pour dire qu'il n'était pas dangereux. La discussion avait dégénéré en dispute. Pakkal se le rappelait, puisque c'était la seule et unique fois qu'il avait entendu ses parents se quereller.

Dans les cités mayas, tous les gens qui sortaient de l'ordinaire étaient rapidement stigmatisés et rejetés par le reste de la population. Lorsque leur comportement devenait franchement bizarre, Bak'Jul, le praticien de la cité, intervenait. Il plaçait alors l'halluciné dans le centre du Groupe de l'Arbre, sur le *tunich*. Ce processus était réputé guérir les gens à l'attitude étrange. Parfois, cela fonctionnait. D'autres fois, pas du tout. Lorsque c'était le cas, la personne était portée disparue quelques jours plus tard. On ne la retrouvait jamais. Parce que cette personne était considérée comme un danger pour l'ordre public et parce que l'on disait qu'elle était possédée par Xibalbà, un des soldats de l'armée l'enlevait et l'exécutait. C'était ainsi que l'on traitait, ultimement, les maladies de l'esprit.

Pendant qu'il tentait de faire le point, Pakkal tenait les chauveyas à distance à l'aide de sa lance. Jamais il n'allait pouvoir tous les éliminer. Il y en avait tant!

Le prince jeta un œil à Docatl. Une multitude de chauveyas était maintenant rassemblée au-dessus de lui. Pakkal se demanda si le guerrier céleste allait pouvoir se tirer de cette mauvaise posture. Ce fut alors qu'il vit les chauves-souris géantes qui recouvraient Docatl exploser en des millions de tisons, ce qui sema la panique parmi ceux qui cernaient Pakkal: ils s'envolèrent dans toutes les directions. L'adolescent dut se pencher afin d'éviter d'être happé par l'un d'eux. Lorsqu'il regarda en direction de Docatl, il ne vit qu'une boule lumineuse. Du coin de l'œil, il remarqua que quelqu'un fonçait sur lui. Il vit au dernier instant qu'il s'agissait de son père. Mais il était déjà trop tard, car la lance qu'il avait brandie pénétra dans l'épaule de Tuzumab qui se laissa tomber sur les genoux en criant de douleur.

– Pourquoi? lui demanda-t-il.

Sa voix était redevenue normale. Buluc Chabtan avait abandonné son corps.

– Je suis désolé, *taat*! Je...

Il se passait quelque chose du côté de Docatl. De la boule lumineuse qu'il produisait sortaient des êtres lumineux: les guerriers célestes.

Pakkal ne les compta pas, mais il était persuadé que trois cent quatre-vingt-dix-neuf guerriers étaient sortis de la boule de lumière générée par Docatl. Ils avaient tous la faculté de projeter des rais de lumière qui faisaient littéralement exploser les chauveyas. Cette fois, les chauves-souris géantes furent complètement dépassées. Les guerriers célestes visaient juste et leurs armes étaient impitoyables. Rapidement, plus aucun chauveyas n'obstrua l'horizon.

– Merci, lança le prince à Docatl.

– C'est moi qui vous remercie de me donner la possibilité de châtier les monstres qui ont tué ma fille.

Pakkal se tourna vers son père. La blessure qu'il lui avait infligée à l'épaule était vilaine.

— Je suis désolé, dit-il.

— Que s'est-il passé? demanda Tuzumab.

— Tu... tu ne te rappelles plus rien?

— Non, rien.

Tuzumab semblait honteux. Pakkal décida de ne pas entrer dans les détails.

— Ce n'est pas grave, déclara-t-il. Nous devons nous rendre à Palenque pour te soigner.

L'homme fit un signe négatif de la tête.

— Il n'en est pas question.

— *Taat*, tu dois voir Bak'Jul.

Tuzumab fit la grimace et appuya la paume de sa main sur son épaule.

— Ça brûle. J'ai souvent été coupé dans ma vie mais, cette fois, c'est vraiment douloureux.

— Laisse-moi trouver de l'eau. Cela soulagera ta douleur.

En se relevant, Tuzumab empoigna le poignet de son fils. Celui-ci plongea son regard dans le sien.

— Je t'aime, mon fils. Tu m'as manqué.

Pakkal esquissa un sourire gêné.

— Moi aussi, *taat*, je t'aime.

À la requête de Pakkal, Docatl ordonna à deux de ses guerriers de l'accompagner pour trouver un point d'eau. Deux hommes austères se présentèrent devant le prince. Tout comme leur chef, ils étaient lumineux.

Le jeune Maya leur fit signe de le suivre. Quelques pas plus loin, il leur demanda d'éclairer les lieux. L'un d'eux leva le bras et projeta un faisceau lumineux qui fit exploser le premier obstacle qu'il rencontra, en l'occurrence un rocher. Pakkal se pencha et se protégea la tête du mieux qu'il le put alors que les morceaux retombaient sur le sol.

– Est-il possible de modifier l'intensité de votre rayon ? lança-t-il.

Les deux guerriers célestes se regardèrent. Sans dire un mot, l'autre guerrier leva le bras. Cette fois, son rayon échoua sur un arbre qui prit feu.

– Encore moins intense, je vous prie. Je ne veux pas que vous anéantissiez tout ce que vous visez, je veux seulement que vous éclairiez les lieux.

Les guerriers haussèrent les épaules en obéissant au prince.

– C'est ennuyant, dit l'un d'eux en balayant les lieux avec son faisceau.

– Vous aurez de l'action bientôt. Pour l'instant, je dois trouver de l'eau.

– De l'action ? Vraiment ? Va-t-il y avoir du *balche'* ?

Le *balche'* était une boisson alcoolisée que l'on utilisait, entre autres, durant les céré-monies religieuses. Mais il arrivait souvent que, pendant des fêtes, on en bût et qu'on en abusât. Le prince avait entendu parler des comportements disgracieux de gens ivres. Le *balche'* pouvait transformer un noble en animal.

L'autre guerrier céleste asséna un coup de coude dans les côtes de son compagnon.

– Idiot! Tu crois qu'on va pouvoir encore en boire?

– Pourquoi pas?

– Parce que plus rien n'est comme avant. Tu dois oublier tous les plaisirs auxquels on avait droit, ici, dans le Monde intermédiaire, avant que ce Zipacnà nous projette dans le ciel. Je te jure, si je le revois…

Son camarade renchérit:

– Si je le croise, je t'assure que je ne lui laisserai aucune chance. Je lui arracherai les yeux et les dégusterai comme des fruits mûrs.

– Et moi, de dire l'autre, j'ouvrirai son ventre et j'en ferai un temple où l'on pourra se recueillir pour le haïr.

Pakkal tenta de changer de sujet:

– C'était comment, en haut?

Les deux guerriers répondirent en même temps:

– Ennuyant!

Puis l'un d'eux ajouta:

– Il n'y avait ni nourriture, ni plaisirs, ni femmes.

– En fait, précisa l'autre, le pire, c'est que nous n'avions aucune envie. Je croyais qu'en remettant les pieds ici cela reviendrait, mais ce n'est pas le cas. Je suis rendu aussi nostalgique qu'une vieille personne.

– La seule envie qu'on avait et qu'on a encore, c'est d'anéantir Zipacnà.

Tout en cherchant un point d'eau, Pakkal se demanda s'il fallait les informer que Zipacnà était devenu un allié. Ils semblaient le détester si profondément que le prince douta qu'il pût dire quoi que ce soit qui apaiserait leur colère. Il allait devoir jouer au diplomate et travailler à la réconciliation. N'aimant pas repousser à plus tard ce qu'il pouvait faire sur-le-champ, il osa une approche indirecte :

– Zipacnà n'est sûrement pas aussi terrible que vous le prétendez…

Pakkal sentit sur lui le regard des deux guerriers célestes.

– C'est pire, dit l'un d'eux.

– Il y a longtemps que vous ne l'avez pas vu. Peut-être qu'il a changé. Peut-être qu'il est devenu quelqu'un de bien.

– Et alors ? Vous croyez que cela va nous empêcher de le massacrer ?

– Et le pardon ? Pourquoi ne pas lui pardonner ? Cela allégerait votre cœur, non ?

Un des guerriers tapota sa poitrine.

– Il n'y a plus de cœur là-dedans. Il n'y a que de la haine.

Le prince n'avait jamais senti autant de hargne chez des individus. Il allait devoir mettre au point une stratégie pour les amener à se côtoyer, et vite !

Pakkal trouva enfin un ruisseau. Il se pencha et but. Puis il remplit sa gourde. Il songea à son père et aux révélations de Buluc Chabtan quant aux circonstances entourant sa disparition. Il devait en apprendre plus. Il voulait, plus que tout, qu'on lui confirmât que ce n'étaient là que bobards pour le déstabiliser. Il ferma les yeux et se laissa envahir par le clapotis du ruisseau. Puis il demanda :

– Xantac ? Tu es là ?

Alors qu'il allait s'impatienter et quitter les lieux, Pakkal entendit un chuchotement dans le clapotement du ruisseau. Des voix indistinctes. Puis, clairement :

– Je suis là.

– Xantac ?

– Oui, c'est moi.

Pakkal savait que, parlant à son ancien maître, il allait obtenir les réponses à ses questions. Il n'avait auparavant jamais abordé la question de son père avec lui, faute d'avoir pu trouver le moment opportun.

– Xantac, pourquoi ne jamais m'avoir parlé de ce qui s'était passé avec mon père?

Pendant quelques instants, Pakkal crut que le scribe était parti, puisque la réponse tardait à venir.

– Xantac?

– K'inich Janaab, finit par dire Xantac, la situation n'est pas simple.

– Dites-moi ce qui s'est passé. Est-il vrai que mon père a été chassé de Palenque par ma mère parce qu'elle le croyait fou?

Sans ambages, Xantac répondit:

– Oui, c'est ce qu'elle a fait.

La réponse déstabilisa le prince, bien qu'il la connût avant même de poser la question.

– Mais… pourquoi? Pourquoi a-t-elle fait cela?

– L'équilibre de la cité était menacé.

– L'équilibre de la cité! Tuzumab est mon père! Il était prince. On n'avait qu'à le soigner.

– On ne peut pas guérir la maladie de votre père, K'inich Janaab. Bak'Jul a tout essayé. Des sacrifices ont même été offerts par Zine'Kwan afin que Tuzumab recouvre ses esprits. Mais sans succès.

– Pourquoi cette condamnation à mort par ma mère ?

– Votre mère ne l'a pas condamné à mort. Elle a demandé qu'on fasse en sorte qu'il ne puisse plus venir troubler la paix de la cité. Elle a demandé à Kinam de s'en charger.

Sa mère n'avait pas ordonné expressément la mort de Tuzumab, mais c'était tout comme. En tant que garde royal, Kinam ne faisait jamais dans la demi-mesure. Et il se disait le meilleur ami de son père ! Pakkal avait posé mille et une questions à Kinam au sujet de son père et il lui avait toujours répondu comme s'il n'avait rien à voir avec sa disparition ! Le prince en avait mal au cœur.

– Quelle menace représentait-il pour que ma mère agisse aussi radicalement ?

– Zine'Kwan avait commencé à répandre des rumeurs, fondées, je dois dire, sur l'état de santé de votre père. L'équilibre politique de la cité était déjà précaire en raison de la nomination de votre mère à la tête de Palenque. Dame Zac-Kuk ne voulait pas fournir d'autres armes à ses détracteurs.

– Et pourquoi n'avoir rien fait, Xantac ? C'était mon père !

– Prince Pakkal, en aucun temps je n'ai eu mon mot à dire dans les décisions qui étaient prises à l'intérieur du temple royal. Un jour, votre père a disparu. Par la suite, j'ai appris ce qui s'était vraiment passé.

— Et pourquoi ne m'en avoir jamais parlé?

Le scribe se tut.

— Xantac, pourquoi ne m'en avez vous jamais parlé?

— J'avais l'intention de le faire un jour, dit le scribe.

— Quand?

— Sur mon lit de mort, probablement. Je ne crois pas aux vertus de la souffrance inutile.

— Et Kinam… est-il vrai qu'il… avec ma mère?

— Je ne comprends pas ce que vous me demandez, prince Pakkal.

— À cette époque, est-ce que Kinam et ma mère?…

Le prince avait du mal à s'exprimer, tant l'idée que Kinam ait pu avoir été en conflit d'intérêts l'écœurait. Xantac le devança:

— Vous voulez savoir si, secrètement, Kinam et votre mère formaient un couple?

— Oui, c'est cela.

— Il y avait des rumeurs dans ce sens. Et, après la disparition de votre père, ils ne firent aucun effort pour cacher leur relation.

Pakkal était sonné. Tout ce que Buluc Chabtan lui avait dit était vrai. Kinam avait tenté de tuer son père. C'était ce même homme que Pakkal avait sauvé des périls du feu bleu. Et il venait de le nommer chef de l'armée de Palenque. Comment allait-il réagir la prochaine fois qu'il allait le voir?

Xantac le tira de ses sombres pensées.

– Prince Pakkal, il faut vous méfier de Laya. Le sort que Selekzin lui a jeté est puissant. Elle constitue un danger.

– Que dois-je faire? La mettre à mort?

Xantac ne releva pas la question cynique de son ancien élève.

– Elle doit l'embrasser de nouveau, poursuivit-il. C'est ce qui permettra au sort d'être renversé.

– Elle va en être ravie, marmonna Pakkal.

– Mais elle doit avoir, dans sa bouche, de la gomme de *nic te'*. C'est primordial.

Les deux guerriers célestes s'approchèrent du prince.

– Nous devons partir, lança l'un d'eux. Docatl nous appelle.

En même temps, ils exhibèrent leurs bracelets qui brillaient et changeaient de couleur.

Pakkal entendit Xantac dire:

– Ce n'est pas terminé.

– J'en ai assez entendu, répliqua-t-il sèchement.

Le garçon se releva et attacha sa gourde à sa ceinture. Les deux guerriers célestes le regardaient, interdits. Ils se remirent en marche.

– Vous parliez seul, fit remarquer celui qui se trouvait à sa droite.

– Non, répondit Pakkal. J'avais une discussion avec quelqu'un.

– Vous êtes fou, dit le guerrier céleste.

Fou. Le mot résonna dans la tête du prince comme si on le lui avait crié dans l'oreille. Pakkal s'arrêta et pointa sa lance vers le guerrier.

– Je ne suis *pas* fou. Vous voulez que je vous montre comment un fou réagirait?

Le guerrier céleste regarda la pointe de la lance et comprit que son commentaire avait été déplacé.

– Vous n'êtes pas fou, se rétracta-t-il.

Le père de Pakkal était couché sur le sol, une main ensanglantée sur son épaule blessée. Pakkal versa de l'eau sur la plaie. Tuzumab grimaça de douleur.

– Merci, murmura-t-il.

– Tu vas pouvoir marcher? lui demanda son fils. Nous devons retourner à Palenque.

– Je ne vais pas à Palenque.

– Ne t'inquiète pas, *taat*. Je suis le prince. Je sais qu'on t'a chassé de Palenque. Cette fois, on te respectera.

Le prince fut interrompu.

– Prince Pakkal?

C'était Docatl.

– Qu'y a-t-il?

– Mes guerriers ont capturé… *quelque chose* qui nous espionnait.

– Je vous assure, si vous posez ne serait-ce qu'un doigt sur moi, je vais vous envoyer valser à des lieues d'ici. Vous aurez été prévenus!

Pakkal reconnut la voix de l'être aux seize yeux, entouré de guerriers célestes qui ne semblaient aucunement impressionnés par ses menaces.

– Frutok! fit-il.

– Prince Pakkal? Que faites-vous ici?

– C'est à moi de te poser cette question.

– Si vous pouvez demander à ces lucioles de débarrasser le plancher, je vais tout vous raconter.

– Ça va, c'est un ami, lança le prince à l'intention des guerriers célestes.

Frutok, de ses mains géantes, leur fit signe de s'éloigner.

– Allez, ouste !

– Où sont les autres ? demanda le prince.

– Toujours au sommet de la montagne. J'ai été réveillé par la morsure d'un serpent de feu.

– Itzamnà, dit Pakkal.

– Je ne sais pas, mais il a une manière plutôt cavalière de réveiller les gens. Il m'a sommé de vous retrouver. Nous devons retourner à Palenque. C'est une urgence.

– Et nos amis ? Que font-ils ?

– J'ai essayé de les réveiller, mais sans succès. J'ai même failli me faire mordre par Takel. Elle n'a pas apprécié que je perturbe son sommeil.

– Nous sommes très loin de Palenque, je crois. Comment as-tu fait pour arriver jusqu'ici ?

– Le serpent de feu m'a demandé de me jeter dans le brasier. Je lui ai dit qu'il était fou, j'ai reculé, mais il est parvenu à s'enrouler autour de moi et à m'entraîner dedans. J'ai émergé d'un autre feu de camp. Vous auriez dû voir la tête des gens assis autour ! Ils ont déguerpi en hurlant quand ils m'ont vu. Le serpent m'a indiqué où aller. J'ai marché, puis je suis tombé sur l'une de ces lucioles.

– Ces lucioles, comme tu dis, sont les guerriers célestes. Ce sont eux qui vont nous aider à protéger Palenque. Dis-moi, ce feu de camp, est-il loin ? C'est sûrement de cette manière que nous allons pouvoir retourner à Palenque. Allons-y. Tu te souviens du chemin ?

Du pouce de la main qu'il avait au bout de la queue, Frutok indiqua la direction à prendre. Le prince se dirigea vers son père. Il lui tendit la main pour l'aider à se relever.

— Tu viens avec nous.

Cette fois, Tuzumab n'offrit aucune résistance.

Entouré de quatre cents guerriers célestes et de Frutok, Pakkal ne s'était jamais senti aussi en sécurité. Marcher, la nuit, dans la forêt, à moins d'y être habitué et d'avoir quelque chose à prouver, était considéré comme suicidaire. Il fallait prêter attention à tous les bruits suspects, ce qui n'était pas chose facile, étant donné que la forêt était bruyante. Les jaguars, entre autres, étaient passés maîtres dans l'art de ne laisser qu'une fraction de seconde à leur proie pour se défendre.

Pakkal avait vu avec quelle facilité les guerriers célestes s'étaient débarrassés des chauveyas. Le rayon lumineux qu'ils dégageaient était d'une rare puissance. Avec eux comme défenseurs de Palenque, Xibalbà n'avait qu'à bien se tenir.

Docatl, qui menait la marche, leva le bras. Tous s'arrêtèrent.

– Que se passe-t-il? demanda Frutok.

Les guerriers célestes qui l'entouraient lui firent simultanément signe de se taire en posant une main sur leur bouche.

– Je n'ai pas le droit de poser des questions? fit le hak, offusqué.

– Chut! dit Docatl.

– Nous sommes arrivés, déclara Frutok, faisant fi de l'ordre de Docatl. Le feu de camp est à quelques pas.

Les guerriers célestes se mirent en rang.

– Qu'y a-t-il? lança Pakkal.

Mais Docatl restait muet.

– C'est assez! maugréa Frutok.

Il poussa sans ménagement les quelques guerriers qui se trouvaient devant lui et s'avança. Pakkal le vit s'arrêter, puis reculer lentement, sans se retourner. Faisant face à Frutok, le prince aperçut un être aussi grand que le hak, mais tout de noir vêtu. Il se ravisa : ce n'étaient pas des vêtements, c'était sa peau. Il y eut un claquement. La créature possédait deux pinces.

– Et lui, c'est l'un de vos amis? demanda Docatl.

– Jusqu'à preuve du contraire, non, répondit Pakkal.

– Guerriers célestes, position d'attaque !

Tous les guerriers levèrent leurs bras, paumes parallèles au sol.

Pakkal n'arrivait pas à bien voir la créature noire. Elle ne semblait pas avoir de tête. Frutok cessa de reculer.

– Voyons voir ce qu'il a dans le corps.

Il se pencha tout en tournant sur lui-même. Il fit passer sa queue sous les pattes de son vis-à-vis qui chuta.

– Elle était facile, celle-là.

Mais la créature se remit rapidement sur ses pattes et balança sa queue vers l'avant, une queue au bout de laquelle pointait un dard. Cette dernière finit sa course entre les deux jambes du hak qui répliqua en assénant à son adversaire un coup de poing en pleine poitrine. Mais la créature ne broncha pas.

– Ouille ! cria le hak en agitant sa main.

La créature en profita pour attraper, avec une pince, un des bras du hak. Celui-ci plia les genoux et grimaça de douleur. Pakkal abandonna son père et bondit en direction de Frutok. Ce fut en arrivant à proximité de la créature qu'il constata qu'il s'agissait d'un scorpion. Un scorpion géant qui parvenait à se tenir debout. Le jeune Maya tenta d'enfoncer sa lance dans son corps, mais en vain. Sa carapace était dure comme de la roche.

– Pakkal… mon bras ! le supplia Frutok.

Le prince eut l'idée d'introduire sa lance entre les pinces et d'en séparer les deux parties. Mais son poids n'était pas suffisant. Dès qu'il retira sa lance pour la placer autrement, il y eut un craquement. Pakkal vit le bras de Frutok se détacher de son corps. Les seize yeux du hak observèrent, horrifiés, son membre gisant sur le sol.

– Charogne, marmonna-t-il.

La main de sa queue s'empara de la pince. D'un seul coup, il parvint à l'arracher. Le scorpion poussa un cri aigu. Il recula, puis se mit sur ses huit pattes. Frutok lui fit signe d'approcher.

– Viens, nous allons nous amuser.

La bête fonça. Lors de l'impact, elle parvint à déstabiliser Frutok qui chuta sur le ventre. Le scorpion releva la queue, le dard prêt à s'enfoncer dans la chair du hak.

– Chac !

La lance de Pakkal produisit une fulguration qui frappa de plein fouet le scorpion géant. Mais il ne réagit point, même si l'on vit l'éclair se propager sur son corps quelques instants. Le prince se tourna vers le chef des guerriers célestes.

– Docatl !

Le chef leva un bras, puis le rabaissa vivement.

– Guerriers célestes, attaquez !

Une multitude de rayons lumineux atteignirent le scorpion. Mais ils n'eurent pas le même effet que sur les chauveyas : ils rebondirent sur la carapace de la bestiole géante et la déstabilisèrent à peine. Ils terminèrent leur course sur certains guerriers célestes et sur des buissons et des arbres qui prirent feu.

Tandis que les guerriers célestes tentaient de remettre de l'ordre dans leurs rangs, Pakkal s'aperçut que le scorpion avait repris une position d'attaque et qu'il avait toujours Frutok dans sa mire. Ce dernier, un bras en moins, avait de la difficulté à se mouvoir.

La créature baissa la queue. Le hak, au dernier instant, esquiva le dard. Le scorpion releva sa queue et se plaça pour attaquer de nouveau. Pakkal se rua sur lui et lui donna un coup de lance sur la queue. La bête se tourna vers lui. Alors qu'il était sûr qu'il allait être sa prochaine cible, le garçon fut déconcerté lorsqu'il vit le scorpion se retourner et planter son dard dans le dos de Frutok. Le hak poussa un cri qui lui fit dresser les cheveux sur la tête.

– Non !

Pakkal sauta et tendit la jambe. Il atteignit le scorpion à la poitrine et parvint à le faire tomber. Il leva sa lance et tenta une autre fois de percer la carapace de la bête. Sans succès. La pointe de la lance, même si le prince avait usé de toutes ses forces, refusait de pénétrer dans la masse dure.

Avant d'être blessé par une des pinces de la bestiole, Pakkal recula. On mit une main sur son épaule. C'était Docatl.

– Laissez-moi essayer, dit-il.

Des boules de lumière tournoyaient autour des poings du guerrier céleste. Il s'approcha lentement. Le scorpion se remit en position d'attaque, le torse relevé, faisant claquer ses pinces.

Le prince remarqua que Frutok respirait difficilement. Mais le hak était trop près du scorpion pour qu'il pût s'approcher de lui.

– Il faut le faire reculer, dit-il à Docatl. Frutok a besoin d'aide.

Docatl asséna au scorpion une suite de coups de poing qui n'eurent aucun effet. Chaque fois que le guerrier céleste le touchait avec ses poings, des éclats de lumière ricochaient sur sa carapace. Voyant qu'il n'arrivait pas à atteindre son adversaire, Docatl recula.

– Il est coriace, celui-là, marmonna-t-il.

Pakkal serra sa lance.

– Oui, mais il a une faiblesse, c'est obligé.

Docatl serra les poings et les frappa l'un contre l'autre. Les boules lumineuses qui les enveloppaient devinrent encore plus éclatantes. Le guerrier céleste joignit ses deux mains et bondit. Il martela les bras du scorpion. Cette fois, la bête fut ébranlée et recula. Docatl tenta de frapper le même endroit, mais sans succès : le scorpion le protégeait de ses pinces.

Pakkal se jeta sur le hak.

– Frutok ? Tu m'entends ?

Il tenta de le tourner sur le dos, mais le hak était beaucoup trop lourd.

– Frutok, est-ce que ça va ?

Aucune réponse. Pakkal remarqua qu'il avait cessé de respirer.

– Prince Pakkal !

Le scorpion le chargeait. Le prince eut tout juste le temps, avec sa lance, de stopper l'élan de la queue du scorpion. Une fraction de seconde et il recevait l'aiguillon en pleine poitrine.

Le scorpion maintenait sa pression. Pakkal, à bout de bras, tentait de maintenir le dard le plus loin possible. Mais ses biceps se mirent à le brûler et il céda du terrain à son adversaire. Le dard n'était plus qu'à quelques centimètres de son plastron. Réunissant toutes les forces qu'il lui restait, il déplaça sa lance vers la droite et parvint à faire dévier de sa trajectoire le dard qui se planta dans le sol.

Docatl prit la relève. Il réussit à donner un coup de poing sur ce qui semblait être la tête du scorpion. La bestiole géante s'effondra. Pakkal se releva et visa, avec sa lance, l'endroit qui paraissait vulnérable. Son arme pénétra dans la carapace du scorpion. Sans attendre, le jeune Maya cria le nom du dieu de la Pluie :

— Chac !

Pakkal relâcha sa lance. Le scorpion géant fut secoué par des tremblements. Il se raidit et bascula sur le dos. Ses pattes remuèrent un peu, puis s'immobilisèrent. Docatl s'avança et, de son pied, toucha l'abdomen de la bête. Aucune réaction. Il se tourna vers son armée.

— Et surtout, bande de fainéants, ne nous venez pas en aide !

Puis il dit à Pakkal :

— Quand une armée passe trop de temps à ne rien faire, elle devient nonchalante. Ils ne s'en sortiront pas aussi facilement.

Pendant que Docatl enguirlandait ses soldats, Pakkal retirait sa lance du corps du scorpion. Il posa sa main sur l'une de ses pinces. La carapace était effectivement aussi dure que de la roche. D'où venait cette bête? Jamais il n'avait entendu parler de scorpions géants qui pouvaient se tenir debout. Les seuls qu'il avait vus, dans sa vie, n'étaient pas plus gros que sa main.

Tuzumab, qui avait assisté à la bataille, s'approcha de son fils.

– Tu en as déjà vu d'aussi gros? lui demanda Pakkal.

L'homme observa le corps du scorpion.

– Non. Tu es courageux, mon fils.

– Il a tué Frutok, déclara tristement le prince.

Tuzumab se tourna vers le hak et posa sa main sur son cou. Il fit oui de la tête.

– Il est mort, mais pas pour toujours. Les hak, s'ils sont enterrés au pied de l'Arbre cosmique, reviennent à la vie.

Le feu de camp duquel Frutok avait émergé après avoir été entraîné par Itzamnà n'était qu'à quelques pas. À la demande de Pakkal, Docatl désigna quatre guerriers pour transporter Frutok jusqu'à la cité.

Autour du feu, le garçon remarqua les restes d'un repas à peine entamé. Seules quelques braises rougeoyaient encore. Il mit sa sandale dessus pour vérifier si elles avaient un pouvoir magique. Rien.

– Il faut trouver du bois, dit-il. Nous devons réactiver le feu.

Docatl ordonna à ses hommes de ramasser du bois mort. Pakkal en utilisa une petite partie. Comme si elles étaient heureuses d'être de nouveau alimentées, les flammes se mirent à danser.

– Que faut-il faire ? demanda Docatl.

– Je crois qu'il faut sauter dedans, dit le prince.

– Très bien.

Docatl se tourna vers l'un de ses soldats et lui enjoignit de se lancer dans le feu. Le guerrier hésita. Le chef le saisit par un bras et le poussa dans le brasier.

Comme prévu, le guerrier disparut complètement. Docatl en fut étonné.

– Où est-il parti ? Je m'attendais à le voir brûler vivant.

– C'est ce que je vais aller vérifier sur-le-champ.

Pakkal prit une profonde inspiration, puis se jeta dans le feu. Il en sentit la chaleur, mais rien d'inconfortable. Un peu comme lorsqu'il avait voyagé avec Hunahpù : il était entouré de flammes, mais aucune ne le touchait. Il fit un pas en avant et se retrouva aux côtés de Laya la princesse, de Pak'Zil le jeune scribe et de Takel la maîtresse des jaguars, qui dormaient à poings fermés. Plus loin, il vit Nalik la fourmi rouge. Le guerrier céleste que Docatl avait précipité dans le feu y était aussi. Il semblait totalement désorienté, ne comprenant pas ce qui s'était passé.

Loin de là, près de la cité d'Uxmal, Docatl ordonna à ses guerriers de se lancer dans le feu les uns après les autres. Ce fut ainsi que les quatre cents guerriers célestes se retrouvèrent au même endroit. Le corps de Frutok fut ramené. Cependant, le prince affichait un air préoccupé en fixant le feu.

– Que se passe-t-il ? demanda Docatl.

– Mon père, fit Pakkal, il n'est pas arrivé.

– Je vais envoyer un de mes guerriers.

– Non. Je vais y aller.

Le garçon entra de nouveau dans le feu. Lorsqu'il en ressortit dans la Forêt rieuse, il ne vit pas son père. Le cadavre du scorpion géant gisait à quelques mètres du feu qui éclairait les alentours.

– *Taat*? !

– Pakkal !

La voix provenait de sa droite. Il s'y précipita.

– Nom d'Itzamnà ! laissa-t-il échapper.

Tuzumab était entouré par cinq scorpions géants qui faisaient claquer leurs pinces et bouger leur queue. Ils s'approchaient dangereusement de lui.

Pakkal s'élança vers le scorpion qui lui tournait le dos. Il mit un pied sur la base de sa queue et grimpa sur sa carapace. Il fit pénétrer sa lance entre les deux pattes supérieures de l'animal.

– Chac !

Le scorpion tomba à la renverse. Chacun des scorpions semblait sur le point de charger, le dard bien en vue. L'adolescent ne savait pas lequel mettre hors d'état de nuire en premier.

– Ça va ? demanda-t-il à son père.

– À part mon épaule, oui.

Un scorpion donna un coup de queue. Le dard s'abattit entre les deux pieds de Tuzumab. Pakkal vit que celui qui était à sa droite allait en faire autant. Il esquiva l'arme de la bête à temps et se servit de sa queue comme d'une rampe. Dès que le scorpion se remit en position verticale, le prince planta sa lance dans son corps. Il n'en restait plus que trois.

– Le feu! cria Pakkal. Dirige-toi vers le feu, je vais te couvrir!

Tout en se tenant l'épaule, Tuzumab se releva et courut. Le garçon fit diversion en projetant un éclair sur l'un des scorpions, même s'il savait que cela n'aurait aucun effet. Parvenu à proximité du feu, le père de Pakkal s'arrêta. Ce dernier tourna la tête.

– Vas-y, entre…

Il ressentit une intense douleur au coude. Un scorpion était parvenu à attraper son bras avec sa pince. Avec la pression que la bête exerçait, si Pakkal ne récupérait pas son bras, il allait finir sur le sol, comme celui de Frutok. Le jeune Maya relâcha sa lance. De son autre main, il tenta d'ouvrir la pince qui lui broyait le coude.

Le scorpion relâcha soudainement sa prise. Tuzumab s'était emparé d'une branche enflammée et le flagellait. Pakkal ramassa sa lance et piqua la bête au seul endroit où il la savait vulnérable.

– Chac!

Il n'en restait plus que deux.

– Le feu! répéta Pakkal à son père. Vas-y, entre dedans!

Tuzumab hésita, puis, au pas de course, s'approcha du feu. Il lança la branche dans le brasier, s'y jeta à son tour et se volatilisa.

Les deux scorpions géants se tenaient devant Pakkal, qui était convaincu qu'il pourrait rapidement les semer et fuir grâce aux flammes. Il recula lentement. Puis, au moment où il allait se retourner, l'un des scorpions parvint à s'emparer de la lance de Buluc Chabtan.

– Oh! non, elle est à moi! grommela le prince.

Il tira de toutes ses forces, mais il n'arrivait pas à faire lâcher prise au monstre.

– Chac!

L'éclair que projeta la lance se perdit dans le ciel. Le scorpion fit un geste brusque et Pakkal ne put retenir la lance plus longtemps. La bête recula et la deuxième prit sa place. Sans arme, comment le garçon allait-il bien pouvoir affronter un tel adversaire? Il avait cru que lui seul pouvait toucher la lance.

Le scorpion qui s'en était emparé se dressa sur ses pattes et prit la direction opposée. Pakkal ne devait pas le laisser filer. Il fit une feinte. Alors qu'il croyait avoir contourné la bestiole qui lui faisait face, il fut stoppé net dans son élan. Le scorpion était parvenu, avec son dard, à épingler la partie longue qui pendait de la ceinture du prince. Ce dernier tira sur le vêtement qui se déchira. Il se précipita à la suite du scorpion qui détenait maintenant sa lance.

Même s'il ne voyait pas le scorpion, Pakkal était persuadé qu'il avait pris la bonne direction. Il courut aussi vite qu'il le put. Enfin, dans l'obscurité, il crut apercevoir la queue de la bête. Au moment où il allait la rattraper, il reçut un violent coup sur une cheville. Il chuta. Il l'ignorait, mais alors qu'il poursuivait le scorpion qui lui avait volé son arme, l'autre l'avait pris en chasse. Celui-ci lui avait asséné un coup de pince et était parvenu à le faire tomber.

En moins de deux, Pakkal se retrouva sous le scorpion. S'il reculait, se dit-il, il deviendrait une cible facile. Tant et aussi longtemps qu'il resterait collé au monstre, il ne risquerait pas de recevoir un coup de queue et de subir le même sort que Frutok.

Le prince eut alors l'idée de s'accrocher à l'abdomen du scorpion. Il enserra le corps de ses bras, puis fit de même avec ses jambes. La carapace étant dure et rugueuse, il avait une bonne prise. La bête tournait sur elle-même, cherchant sa proie. Dès qu'elle se remit à marcher en ligne droite, le garçon se laissa tomber. Il se releva et observa autour de lui, histoire de se réorienter. Il repartit à la course. Il ne pouvait pas se permettre de perdre la lance.

Pakkal réussit à rattraper le scorpion qui avait considérablement ralenti sa marche.

« Pourquoi ne court-il plus ? » se demanda-t-il.

Il lui sembla que les ténèbres, autour de lui, bougeaient. Elles émettaient même des claquements. L'adolescent voulut reculer, mais il était trop tard : il en était maintenant incapable. Tout autour de lui, des bêtes faisaient claquer leurs pinces.

Pakkal faisait à présent face à des dizaines, voire à des centaines de scorpions géants.

La princesse Laya fut réveillée brusquement lorsqu'un pied se posa sur une de ses mains. La première chose qu'elle vit lorsqu'elle ouvrit les yeux fut deux pieds aux ongles d'orteils crasseux. Elle envoya un coup de poing sur le dessus d'un pied.

– Holà ! on fait attention !

L'homme fut surpris et recula.

– Je... je suis désolé, bredouilla-t-il.

– Les ongles, il faut les couper parfois. C'est franchement dégoûtant.

Les yeux encore barbouillés de sommeil, Laya crut que sa vue lui jouait des tours : un halo lumineux nimbait la silhouette de l'homme. Elle se releva en s'appuyant sur un coude : plusieurs hommes lumineux se tenaient autour d'elle.

– Que se passe-t-il ? demanda-t-elle.

Tous les hommes se tournèrent et la regardèrent fixement. Mais aucun d'eux ne parla.

– Surtout, ne me répondez pas tous en même temps. Qui êtes-vous ?

Les hommes étaient stupéfaits. Laya mit ses mains sur ses hanches.

– Et pourquoi avez-vous tous cette espèce de lueur autour de vous ? Vous êtes si sales que ça retient la lumière ?

L'un des hommes s'avança vers elle.

– Je suis Docatl, chef des guerriers célestes.

– Ah ! Bien ! Je commençais à désespérer. Et je peux savoir ce qui se passe ?

– Nous attendons le prince Pakkal.

Ce fut alors que, du feu de camp, émergea un homme que Laya n'avait jamais vu. Sa main était appuyée sur son épaule. La jeune fille se recula.

– Est-ce que je rêve ? Y a-t-il un homme qui vient de sortir du feu ?

Son pied buta contre un obstacle. Elle se tourna et poussa un cri de terreur. Sur le sol était étendu Frutok, un bras en moins, la bouche à demi ouverte, visiblement mort.

– Vous… vous l'avez tué?

Laya fut envahie par un sentiment de terreur. Et si les êtres lumineux lui réservaient le même sort?

L'homme qui venait de sortir du feu s'approcha lentement d'elle.

– Tu n'as pas à avoir peur, ma fille, dit-il. Tu es en sécurité.

– Et Frutok? Il était aussi «en sécurité»?

– Il a été tué par un scorpion géant.

– Un scorpion géant? fit Laya, affolée. Où? Je déteste les scorpions, alors imaginez s'ils sont *géants*!

– Très loin d'ici. Tu es en sécurité, répéta l'homme.

– Qui êtes-vous?

– Je suis Tuzumab. Je suis…

L'homme hésita.

– Vous êtes?… insista Laya qui n'aimait pas avoir à attendre une réponse quand elle posait une question.

– Je suis le père de Pakkal.

L'inconnu avait fait cette révélation comme s'il s'agissait d'une honte. Il baissa les yeux. Laya, qui doutait de ses propos, affirma:

– Le père de Pakkal est mort.

– C'est ce qu'on t'a dit?

– Oui. Quand j'ai posé la question, c'est ce qu'on m'a répondu.

Tuzumab demeura silencieux. Laya vit qu'elle venait de le blesser.

– Je suis désolée, c'est l'information qu'on m'a donnée. Je n'ai pas voulu...

– Non, ça va, la coupa Tuzumab. Cela me peine de penser que mon fils a cru imaginer que j'étais mort. Des souffrances auraient pu lui être épargnées.

– Justement, votre fils, où est-il ? demanda la princesse.

– C'est la question que je me pose, dit Tuzumab en se tournant vers le feu.

Effectivement, il y avait longtemps que Pakkal aurait dû être revenu.

Tuzumab se dirigea vers Docatl et le pria d'intervenir.

– Très bien, répondit le chef des guerriers célestes. Je vais envoyer quelques-uns de mes hommes.

Mais cela ne fonctionna pas. Lorsque les guerriers célestes sélectionnés tentèrent d'entrer dans le feu, rien ne se produisit. On dut même éteindre leurs vêtements enflammés.

– Il ne reste plus qu'à attendre, conclut Tuzumab.

Loin de là, Pakkal était aux prises avec une multitude de scorpions. Ayant abandonné l'idée de récupérer sa lance, il ne désirait qu'une chose : fuir. Il avait été capable d'esquiver quelques attaques des scorpions, mais il estimait que ses chances de survie étaient nulles. Il devait concentrer ses efforts sur sa défensive. Il serra les poings et demanda intérieurement à tous les insectes des environs de venir à son secours. Il songea à tout ce qui pouvait voler et former une enveloppe protectrice autour de lui : abeilles, guêpes, mouches, hannetons, il ne faisait aucune discrimination. C'était la première fois que le prince réquisitionnait autant d'insectes et il espérait que son plan fonctionnerait. Il savait qu'il ne pouvait contrôler qu'une espèce à la fois, mais peut-être que, en se concentrant davantage, il pourrait se surpasser et transcender son don. Et il espérait, surtout, que les scorpions n'allaient pas sauvagement l'attaquer sans qu'il puisse se défendre. Il ne fut pas déçu : quelques instants plus tard, il entendit le bourdonnement d'insectes voletant autour de lui pour lui faire une armure. Restait maintenant à en tester l'efficacité. Plongé dans l'obscurité la plus complète, Pakkal avançait à tâtons. Il savait que le feu de camp n'était pas loin, mais il ne pouvait en retrouver le chemin en se fiant à son seul instinct.

Il demanda aux insectes de créer une ouverture devant lui afin de voir où il allait. Deux scorpions l'attaquèrent. L'un des aiguillons s'arrêta tout près de son visage, mais l'armure tint bon. Les insectes semblaient absorber les coups assez aisément.

Sur le sommet d'une montagne, près de Palenque, Laya décida de réveiller Pak'Zil, Takel et Nalik. Cela ne fut pas chose facile, mais elle y parvint.

Les bras croisés, Tuzumab regardait les flammes du feu de camp. Pourquoi Pakkal n'était-il pas revenu? Ce n'était pas bon signe. Nalik la Fourmi rouge reconnut Tuzumab et vint se placer à ses côtés.

– Vous avez décidé de venir nous rejoindre, finalement, dit-il.

Tuzumab fit oui de la tête.

– Votre don est extraordinaire. L'Armée des dons vous accueillera à bras ouverts.

Pakkal, finalement, sortit des flammes. Il roula sur le sol. Tuzumab accourut à ses côtés.

– Je commençais à m'inquiéter, mon fils.

Le prince tentait de reprendre son souffle. Il tourna la tête vers le feu de camp, le regard inquiet.

– Qu'y a-t-il? demanda Nalik.

Un scorpion géant émergea du feu, suivi par un autre. Et un autre. Et encore un autre.

— Le feu! cria Pakkal, avec le peu de souffle qu'il lui restait. Il faut l'éteindre.

Mais Tuzumab fut le seul à l'entendre, les guerriers célestes étant occupés à combattre les bêtes géantes.

La bulle de protection que Pakkal avait formée autour de lui à l'aide des insectes avait tenu le coup. Mais, lorsqu'il s'était approché du feu, le vent s'était levé et la fumée s'était dirigée vers lui, faisant fuir les bestioles volantes. Les scorpions, profitant de l'occasion, avaient mené une charge frénétique contre lui. Il était parvenu, après plusieurs acrobaties, à sauter dans les flammes.

— La tête! hurla Docatl. Visez la tête avec vos rayons lumineux!

Tuzumab laissa son fils et se dirigea vers le feu de camp, mais la douleur à son épaule, qui ne s'atténuait pas, le cloua au sol.

La situation était chaotique. Les guerriers célestes étaient désorganisés. Certains scorpions mobilisaient les efforts de dix hommes, alors que d'autres circulaient librement.

Laya avait assisté à l'arrivée des scorpions géants avec effroi. La peur la figeait sur place. Même dans ses pires cauchemars, elle n'aurait pu imaginer des créatures aussi monstrueuses. Lorsqu'elle vit la première, une décharge de frayeur lui parcourut la colonne vertébrale. Quand d'autres scorpions géants apparurent, elle crut qu'elle allait s'évanouir. Ils n'étaient pas gros, ils étaient énormes!

Même si, là où elle se trouvait, elle était en relative sécurité, elle se plaça derrière Pak'Zil et s'en servit comme s'il était un bouclier.

– Je déteste les scorpions, dit-elle.

– Si on ne les dérange pas, habituellement, ils n'attaquent pas, répondit le jeune scribe.

– Des chauves-souris géantes, ça passe. Des espèces de morts vivants qui puent et qui veulent devenir maîtres de l'univers, ça passe encore. Mais des scorpions géants, ça, non! Là, j'abdique!

– Le feu! cria Tuzumab. Il faut l'éteindre!

Pak'Zil voulut se diriger vers le feu de camp, mais Laya s'agrippa à ses vêtements.

– Non! Tu restes ici, avec moi!

– Laya, si l'un de ces scorpions géants s'approche, comment veux-tu que je te protège?

– C'est toi qu'il va dévorer en premier. J'aurai peut-être une chance de m'en sortir.

L'adolescente pointa le doigt vers un scorpion.

– Il s'approche! Il arrive!

Le scorpion géant s'était faufilé entre les guerriers célestes et se rapprochait effectivement. Laya poussa un cri strident. Pak'Zil se retourna, enfonçant ses doigts dans ses oreilles.

– Tu sais que le meilleur moyen de *ne pas* attirer l'attention, c'est de faire le moins de bruit possible?

– Il s'approche *vraiment*! hurla Laya.

Le scorpion géant les avait pris pour cible. Mais avant qu'il pût les atteindre, Takel bondit sur lui et réussit à lui faire perdre l'équilibre. Takel planta ses dents dans une pince de la bestiole et d'un coup de tête de côté, parvint à la lui arracher. Elle ouvrit ensuite sa gueule, aussi petite fût-elle, et s'attaqua à la tête. Quelques instants plus tard, l'assaillant ne bougeait plus.

– Grimpez sur mon dos, lança Takel. Je vais vous emmener dans un endroit où vous ne risquerez pas d'être attaqués.

Pak'Zil se tourna vers Laya.

– Vas-y, toi. Moi, je vais essayer d'éteindre le feu.

Laya ne se fit pas prier pour monter sur Takel. Dès que la voie fut libre, le jeune scribe courut en direction du feu de camp. Il y arriva en même temps que Pakkal.

– Utilise tes pieds, dit ce dernier. Il faut…

Un autre scorpion surgit des flammes. Pakkal se coucha sur le sol et passa ainsi inaperçu. Il y avait maintenant une bonne vingtaine de bêtes qui bataillaient ferme avec les guerriers célestes.

Avec ses pieds, le prince essaya d'étouffer le feu. Pak'Zil l'imita et Nalik vint leur prêter main-forte. Un énième scorpion apparut. Il s'empara de Pak'Zil.

– Au secours! cria-t-il.

On vint enfin à bout du feu, dont il ne resta bientôt plus que des braises. Pakkal se lança à la poursuite du scorpion sur lequel Pak'Zil était juché. Il s'accrocha à sa queue, tout en prenant garde de ne pas toucher le dard.

Sentant un poids sur sa queue, la bête s'arrêta et fit volte-face. Avec une de ses pinces, elle tenta d'attraper Pakkal. Sans succès. Elle tourna sur elle-même, mais le garçon tint bon. Elle s'enfonça dans la forêt.

– Où va-t-elle? lança Pak'Zil.

– Demande-le-lui, fit Pakkal.

Le scorpion marchait vite, s'arrêtait, puis repartait en faisant des zigzags. Le prince comprit qu'il essayait de se débarrasser d'eux. Or, plus ils s'éloignaient, plus les chances d'être aidés par les guerriers célestes diminuaient.

– Je vais tomber! cria Pak'Zil.

– Tiens bon, je vais essayer de le ralentir.

Pakkal planta ses deux pieds dans le sol et tenta de freiner le scorpion. Cela ne produisit aucun effet et le scorpion poursuivit sa marche comme si de rien n'était.

– Je ne tiendrai plus très longtemps!

Le prince tendit la main dans l'espoir de pouvoir aider son ami. Mais le scorpion stoppa net, ce qui le força à lâcher prise. Pakkal chuta. En se relevant, il reçut un violent coup de pince en pleine poitrine et fut projeté quelques mètres plus loin. Il atterrit lourdement sur le sol.

Pak'Zil tomba à son tour. Il essaya de fuir, mais le scorpion parvint à le rattraper. La bête posa l'une de ses pinces autour de ses hanches, puis l'autre autour de son cou. Le garçon étouffait. Désespérément, à l'aide de ses deux mains, il essayait de desserrer l'étau des pinces, mais c'était peine perdue. Il avait l'impression que sa tête allait exploser.

– Lâche-le, dit une voix.

Pak'Zil tourna la tête et aperçut une ombre du coin de l'œil. Le scorpion relâcha immédiatement sa prise. Le scribe s'affala aux pieds de la bête.

Au premier coup d'œil, il avait cru reconnaître Pakkal, mais il s'était manifestement trompé. L'être qui se tenait devant lui avait la peau sombre, les cheveux en bataille, les vêtements déchirés.

C'était Chini'k Nabaaj, la partie ténébreuse du Hunab Ku du prince.

Cette fois, Pakkal n'avait pas résisté lorsqu'il avait senti qu'il se transformait en Chini'k Nabaaj. Il s'était laissé aller, jouissant de chaque étape de sa métamorphose. Il était si bon de céder à cette force destructrice! Pourquoi se serait-il opposé à la venue de son double ténébreux?

Il avait songé aux révélations qui lui avaient été faites quant aux circonstances entourant la disparition de son père. Il avait pensé à tous les gens qui lui avaient menti. Et cela n'avait fait qu'accroître sa colère.

De toute façon, en tant que Pakkal, il ne pouvait rien contre le scorpion géant. Mais quand il était Chini'k Nabaaj, rien ne pouvait l'arrêter. Pas même deux pinces géantes et un dard meurtrier.

Dès qu'il ouvrit les yeux, il se rendit compte que l'obscurité ne représentait plus un obstacle: il voyait parfaitement, comme s'il faisait jour. Lorsqu'il laissa tomber Pak'Zil, le scorpion se précipita sur Chini'k Nabaaj qui le reçut en sautant en l'air et en lui assénant un coup avec ses deux pieds sur la poitrine. Chini'k Nabaaj se releva et, voyant qu'il avait réussi à renverser le scorpion, leva les bras vers le ciel et poussa un cri de guerre.

– Debout! hurla-t-il. Allez, montre-moi ce dont tu es capable.

Le scorpion se remit sur ses pattes avec peine. Chini'k Nabaaj s'avança. Le monstre, en position de défense, donna des coups de pinces. Le double de Pakkal les évita sans difficulté. Il attrapa une paire de pinces, puis l'autre, et repoussa la bête. Puis, il mit la main sur la queue du scorpion. Il attrapa l'articulation située tout juste avant le dard et se mit à tourner sur lui-même. Le scorpion perdit l'équilibre. Chini'k Nabaaj le relâcha. À grande vitesse, la bestiole heurta, la tête la première, le tronc d'un arbre. Elle s'écroula et ne bougea plus.

Pak'Zil avait observé la scène avec stupéfaction. Cet être sombre pouvait-il être Pakkal? Impossible! Et pourtant… c'était lui, ou plutôt son côté sinistre. Où puisait-il cette incommensurable force? Il n'avait fait qu'une bouchée du scorpion alors que ces créatures étaient fort coriaces.

Le scribe le regarda s'approcher de la bête et la soulever de terre. Une fois qu'elle fut au-dessus de sa tête, Chini'k Nabaaj la projeta à bonne distance. Elle atterrit tout près de Pak'Zil, Toujours immobile.

Chini'k Nabaaj se déchaîna contre le scorpion visiblement mort. De ses seules mains, il parvint à faire craquer la carapace de la créature géante. Il la tailla en pièces. Une fois qu'il en eut fini avec elle, il ne resta plus que des morceaux épars. Pak'Zil avait marché à quatre pattes en direction d'un rocher pour s'y cacher. Le double maléfique de Pakkal ne semblait même pas avoir remarqué sa présence.

Haletant, Chini'k Nabaaj s'arrêta subitement. Il regarda ce qu'il venait de faire au scorpion. Il aurait voulu continuer à lui faire subir sa hargne, mais il ne restait rien de la bête qui pût le contenter.

– Prince Pakkal?

Chini'k Nabaaj leva la tête. C'était Pak'Zil. Le jeune scribe s'approcha lentement du prince, croyant devoir lui venir en aide. D'une voix qu'il voulait la plus douce possible, il demanda:

– Est-ce que vous allez bien?

Le double de Pakkal tourna la tête.

– Ne me regarde pas.

Pak'Zil ne bougea pas. Chini'k Nabaaj hurla:

– Je t'ai dit de ne pas me regarder !

Il avait soudainement honte de ce qu'il venait de faire. Il prit conscience qu'il était passé de K'inich Janaab à Chini'k Nabaaj avec une facilité déconcertante et qu'il avait éprouvé du plaisir à se déchaîner.

– Prince Pakkal, je…

– Va-t'en, lui ordonna Chini'k Nabaaj.

– Mais je…

– Va-t'en !

Pak'Zil n'insista pas. Il prit la poudre d'escampette et se dirigea vers le campement sans regarder derrière lui.

Chini'k Nabaaj s'agenouilla, se pencha vers l'avant et couvrit sa tête de ses bras. Il se sentait coupable de ne pas avoir été capable de résister à la tentation. Il devait faire le vide à l'intérieur de lui et revenir à de meilleures dispositions. Mais il n'arrivait pas à faire taire sa hargne. Tous ses souvenirs heureux avaient été corrompus par la révélation qu'on lui avait faite au sujet de son père.

Le garçon sentit une présence. Il leva la tête et vit sa mère devant lui. Sa peau était aussi sombre et nécrosée que la sienne. Et une partie de sa mâchoire était décharnée. Elle lui tendit la main.

– Viens avec moi.

– Pourquoi? demanda Chini'k Nabaaj. Pour te remercier d'avoir chassé *taat* de la ville?

– Il est fou, petit singe. Tu le sais. Et je ne l'aimais plus. Kinam avait pris sa place dans mon cœur.

Chini'k Nabaaj posa ses deux mains sur sa poitrine.

– Ça me fait tellement mal.

Dame Zac-Kuk s'inclina et mit ses mains sur les épaules de son fils.

– C'est ta souffrance. Je n'y peux rien. Suis-moi.

Main dans la main, ils s'enfoncèrent dans la forêt. Ils marchèrent jusqu'à ce qu'ils rencontrent Ah Puch. Dame Zac-Kuk s'agenouilla sur le sol et baissa la tête. Chini'k Nabaaj fit de même.

– Tel que promis, seigneur Ah Puch, dit dame Zac-Kuk.

Le seigneur de la Mort s'approcha et fit signe à Chini'k Nabaaj de se relever. De sa main osseuse, il caressa le visage du prince déchu. Puis il posa son sceptre entre eux. L'anneau devint lumineux et un rayon frappa le front du garçon. Celui-ci sentit qu'on venait d'entrer dans son esprit. Il revoyait sa vie. Et les souvenirs agréables disparaissaient les uns après les autres. Il les voyait quitter sa mémoire

sans pouvoir les retenir. Il n'allait plus redeve-
nir Pakkal, mais peu lui importait. Il ne
pouvait plus rien faire. C'était tellement agréable d'être en colère. Il était si puissant. Rien
n'était à son épreuve. Il n'avait plus peur. Il ne
pensait qu'à lui-même. Et il était puissant.

Il allait pouvoir se nourrir, jusqu'à la fin des
temps, de sa hargne et de son ressentiment.

Le sortilège qu'Ah Puch lui faisait subir
s'arrêta subitement. Tous les bons souvenirs
réintégrèrent sa mémoire. Le prince eut
l'impression que l'on venait de lui donner un
coup de bâton au milieu du front.

Lorsqu'il ouvrit les yeux, ce fut comme si
ces cinq sens redevenaient fonctionnels. Son
ouïe fut assaillie par un bruit insupportable ;
on aurait dit un bourdonnement.

Il vit, autour de lui, des millions d'insectes.

Pak'Zil était convaincu qu'il tournait en
rond dans la forêt. Lorsque Pakkal (était-ce
bien lui ?) lui avait ordonné de fuir, il avait
emprunté le chemin qui, croyait-il, allait lui
permettre de rejoindre les guerriers célestes.
Mais, de toute évidence, il s'était trompé. Il

ne reconnaissait aucunement les lieux en raison de l'obscurité. Il entreprit de grimper dans un arbre pour tenter de se situer. Il y renonça lorsqu'il mit la main sur ce qui lui sembla être le corps lisse et froid d'un serpent.

L'adolescent ne pouvait même pas courir, tant les obstacles étaient nombreux. Pour éviter de se cogner le nez sur un tronc d'arbre, il gardait ses bras tendus devant lui. Il se sentait un peu ridicule. Il décida, malgré sa crainte d'attirer des bêtes féroces, d'appeler à l'aide. Pour toute réponse, il n'entendit que quelques hululements et un cri qui ressemblait au rugissement d'un jaguar.

– Non, ce n'était pas un jaguar, dit-il à haute voix. À l'aide !

Des cris de singe retentirent, suivis d'un autre rugissement. Plus près que le précédent, celui-là. Pak'Zil se dit qu'il ferait mieux de se taire s'il ne voulait pas finir dans l'estomac d'un fauve. Puis il se rappela tout ce que l'on racontait à propos de ces félins : c'étaient des chasseurs impitoyables ; ils n'avaient aucune difficulté à repérer leur proie la nuit. Cris ou pas, un tel fauve allait bientôt lui mettre la patte dessus.

L'imagination du jeune scribe s'emballa, comme lorsqu'il était seul la nuit dans la hutte familiale, petit, et qu'il entendait des sons qui l'effrayaient. Il s'inventait alors des scénarios qui le mettaient dans des états de peur indescriptible. C'était exactement ce qui se produisait dans la forêt. Pak'Zil commença à respirer rapidement, à l'affût d'un bruit qui allait lui révéler la nature du danger. Dans les ténèbres, peut-être qu'un jaguar l'observait, salivant à l'idée de le dévorer.

Il trébucha sur la racine d'un arbre et atterrit sur les genoux.

– Tu as besoin d'aide, peut-être?

C'était une voix rauque de femme. Quoiqu'elle fut en face de lui et assez près, Pak'Zil ne la voyait pas.

– Oui, souffla-t-il.

Il tendit la main. Mais, à sa grande surprise, il fut soulevé de terre par le cou et remis sur ses pieds, sans avoir eu la sensation qu'on l'avait touché. Une horrible odeur vint lui agresser les narines. Pak'Zil songea qu'il n'avait jamais senti une haleine aussi fétide.

– Qui es-tu?

La femme posa ses mains sur le visage de Pak'Zil.

– Aïe! s'écria le jeune scribe.

Les mains de la femme étaient piquantes, comme si sa peau était hérissée d'épines. Le garçon se recula.

– Qui êtes-vous?

– Je suis la meilleure amie de ta mère, répondit la femme.

– Ma mère ?

Pak'Zil tenta de faire un autre pas en arrière, mais la femme posa une main sur son épaule pour le retenir.

– Aïe, fit-il une autre fois.

– Je veux que tu restes avec moi. Je m'ennuie.

– Ma mère… Pourquoi avoir parlé d'elle ? Je n'ai jamais entendu dire qu'elle avait une meilleure amie.

La dernière fois que le scribe avait vu sa mère, c'était à Toninà, le jour où son père et lui avaient été enlevés par l'armée de Palenque. Elle pleurait à chaudes larmes tandis qu'on les attachait aux autres prisonniers.

La femme à la voix rauque dit :

– Notre amitié n'a jamais été officielle. Mais je peux dire qu'elle et moi nous entendons de mieux en mieux. Tranquillement, elle m'accepte. Oh ! au début, elle était réticente ! Mais j'ai de bons arguments.

– Je ne vous crois pas, répondit Pak'Zil.

– Pose-moi une question sur ta mère. Je te prouverai que je la connais bien.

– D'accord. Elle a une…

– … cicatrice sur le bras, continua la femme. Le bras droit.

L'adolescent demeura bouche bée. Peut-être un coup de chance? Des cicatrices, beaucoup de gens en ont.

– Très bien, dit-il en faisant de gros efforts pour ne pas paraître décontenancé. Ma mère porte…

– … un bracelet de jade à son poignet. C'est Zolok, ton père, qui le lui a offert le jour de leur mariage.

Cette fois, aucun doute, cette femme connaissait sa mère. Mais comment diantre était-ce possible?

– Il y a longtemps que vous avez vu ma mère?

– Non!

– Vraiment? Comment se porte-t-elle?

– Cela dépend pour qui. Pour moi, elle va assez bien, mais j'imagine que, toi, tu trouverais qu'elle se porte plutôt mal.

La femme éclata de rire. Pak'Zil ne se sentit nullement rassuré.

– Que voulez-vous dire?

– Toi aussi, tu me connais. De réputation, en tout cas.

Un autre relent de l'haleine de la femme parvint au nez du jeune scribe. Il comprit qu'il n'avait pas devant lui un être normal. Il avait beau avoir les paupières toutes grandes ouvertes, il ne distinguait personne.

– Qui êtes-vous? demanda-t-il.

– Fais un effort. Tu me connais, c'est sûr. De réputation, au moins.

Pak'Zil n'aimait pas la tournure que prenait la conversation. Il craignait maintenant plus cette femme qu'un jaguar qui se serait apprêté à lui sauter dessus.

– Qu'avez-vous fait à ma mère?

– Moi? répondit la femme. Rien. Je lui ai lancé une invitation et je crois que, très bientôt, elle va l'accepter. C'est donc elle qui va faire quelque chose. Peut-être que si je te montre mon visage…

Pak'Zil vit une flamme bleue jaillir entre deux mains formant une coupe. La flamme s'éleva et il aperçut un visage de femme, certes, mais dont les joues étaient noires, comme si la peau était nécrosée. Et, autour de son cou, il crut voir un collier, mais c'était plutôt une corde.

– Oh non! s'exclama-t-il lorsqu'il la reconnut.

– Oh oui! fit la femme.

Le garçon voulut s'enfuir, mais elle ne le laissa pas faire. Il réussit néanmoins à se défaire de son emprise et prit ses jambes à son cou. Il se cogna l'épaule et le genou contre un tronc d'arbre, ce qui lui provoqua une terrible douleur. Il se laissa choir.

Pak'Zil porta la main à son cou pour utiliser son sifflet et ainsi appeler les animaux de la forêt, mais il l'avait perdu.

Quelques instants plus tard, on s'emparait de lui.

Laya et Takel n'avaient eu aucune difficulté à réintégrer Palenque. Elles avaient rencontré quelques chauveyas qui circulaient dans la Forêt rieuse, mais la maîtresse des jaguars avait réussi à les semer. Cependant, d'autres étaient parvenus à les rattraper. D'un coup de patte, Takel les avait mis hors d'état de nuire.

Une fois en sécurité à l'intérieur la cité, Laya lui demanda de la déposer. Le jaguar obtempéra. La princesse se promena dans Palenque, le vague à l'âme. Elle n'avait qu'une personne en tête : Selekzin. C'était une obses-sion. Cela lui faisait peur.

Que s'était-il donc passé ? Même si Selekzin, fils de l'ancien grand prêtre Zine'Kwan, visiblement atteint par la pourriture du Monde inférieur, l'avait brutalisée, elle éprouvait toujours des sentiments profonds à son endroit. Était-ce cela, l'amour ? Lorsqu'elle pensait à lui, elle avait l'impression d'avoir une fourmilière dans le ventre. Quand son défunt père, Ximoch, lui parlait de l'amour qu'il avait ressenti pour sa mère, Nik Balam, elle n'avait jamais cru qu'elle vivrait la même chose un jour. Laya lui avait déjà demandé pourquoi il ne s'était jamais remarié. Elle voyait bien que les femmes le trouvaient séduisant et elle aurait bien aimé être accompagnée dans leurs pérégrinations par une présence féminine. Mais Ximoch lui répétait qu'il n'avait eu qu'un seul amour dans sa vie. Il ne croyait pas pouvoir rencontrer un jour une femme qui serait en mesure de lui faire vivre les mêmes émois.

Laya était consciente qu'elle ne pouvait pas se permettre d'aimer Selekzin. Il n'était clairement pas du bon bord. Mais que pouvait-elle faire? L'amour ne faisait pas de discrimination; elle en avait pour preuve l'histoire de ses parents qui avaient dû s'enfuir de Tikal pour pouvoir vivre leur relation en paix.

La jeune fille se promena en bordure de la Forêt rieuse, dans l'espoir de rencontrer Selekzin. Chaque fois qu'elle croisait des soldats de Palenque, ils la mettaient en garde contre les dangers de ces lieux. Elle leur répondait qu'elle était prudente, mais elle ne souhaitait, en fait, qu'être kidnappée par un suppôt de Xibalbà et être conduite devant Selekzin.

Au sud de la cité, entre deux temples, Laya s'arrêta au bord de la rivière Otulum pour se désaltérer. Une créature sortit des eaux et lui fit signe de ne pas crier. C'était Buluk-Kab, le dieu de la Noyade. La princesse observa les deux soldats qui montaient la garde. Ils n'avaient rien vu. D'un geste, Buluk-Kab lui demanda de le suivre. Il la fit sortir de la cité en lui faisant emprunter la rivière. Puis il s'arrêta.

– Tu ne peux plus te passer de moi, n'est-ce pas?

Laya se retourna. C'était Selekzin. Elle ne le voyait pas très bien en raison de l'obscurité, mais elle avait reconnu sa voix et sa silhouette.

– Je ne peux plus me passer de toi, répondit la jeune fille, honteuse.

– Approche, lui ordonna Selekzin.

Lentement, Laya fit quelques pas. Le garçon lui empoigna le bras et l'attira vers lui. Il était si fort! Si puissant!

– J'ai besoin de toi, dit-il.

La princesse posa sa tête sur sa poitrine. Même s'il dégageait une odeur désagréable, elle s'en accommodait.

– Demande-moi ce que tu veux.

Selekzin lui empoigna les cheveux et la força à le regarder.

– Tu devras me rapporter tout ce que tu sais des plans de Pakkal.

– Tu me fais mal, se plaignit Laya.

Le démon mit plus de pression sur sa poigne. Laya grimaça de douleur.

– Tu m'as bien compris?

– Oui, fit l'adolescente.

Il la relâcha. Laya tomba à genoux. Elle s'agrippa à ses jambes.

– Ne me laisse pas. Je veux que tu m'emmènes. Je ne veux plus jamais te quitter.

De son pied, Selekzin la repoussa.

– Retourne dans la cité. On verra ce qu'on fera après.

– Après, tu ne me quitteras plus jamais?

Le fils de Zine'Kwan leva le bras pour la frapper. Mais son geste fut arrêté par une main qui lui attrapa le poignet.

– T'apprêterais-tu à frapper une femme? lui demanda une voix d'homme.

Selekzin tenta de se libérer de l'emprise de l'inconnu. Pour toute réponse, ce dernier lui tordit le poignet.

– Si tu bouges, je ne me gênerai pas pour faire un nœud avec ton bras.

Le jeune homme n'écouta pas les avertissements de l'inconnu et se démena. Ce dernier tira son bras vers le bas. Un craquement se fit entendre. Selekzin poussa un cri de douleur.

Il se retourna lentement vers son assaillant. Son bras était dans une position impensable : derrière son dos, mais collé à sa nuque. Il parvint à attraper sa main et tira dessus. Un autre craquement. Puis il déplia son bras de force. Celui-ci revint à une position quasi normale, sauf que la paume de sa main était visible alors qu'on aurait dû en voir le dos.

Selekzin s'approcha de l'inconnu.

– Toi et ta race serez bientôt exterminés, dit-il. Mais, avant, laisse-moi te faire regretter d'être intervenu dans une discussion qui ne te concernait pas.

La princesse regardait la situation dégénérer sans réagir. Elle ne reconnaissait pas l'inconnu.

– Laya, fuis !

Laya ? C'était elle ! Il l'avait appelée par son prénom. Elle sortit de sa torpeur et se releva. Elle courut se réfugier derrière un arbre et continua d'observer la scène.

Avant que Selekzin ne portât le premier coup, l'inconnu, qui n'était pas armé, lui fonça la tête la première dans le ventre. Le fils de l'ancien grand prêtre accusa le coup. L'homme se releva immédiatement et chargea de nouveau. Selekzin tomba dans la rivière Otulum. Son adversaire alla le rejoindre et essaya de lui maintenir la tête sous l'eau pour le noyer. Il sentit alors des mains lui enserrer le cou. Il ne pouvait plus respirer. C'était Buluk-Kab. À son tour, le dieu essayait de l'entraîner sous l'eau. L'inconnu vit d'autres créatures émerger des flots. Il se pencha et tourna les épaules pour se libérer de l'emprise de Buluk-Kab. Selekzin s'était redressé et essayait de l'empoigner. L'homme parvint à s'échapper et nagea jusqu'à la rive. Alors qu'il posait les mains sur la terre ferme, on attrapa sa cheville. De son pied libre, il flanqua un coup à la main de son assaillant. Lorsqu'il fut libre, il se faufila dans la Forêt rieuse.

Il passa aux côtés de Laya qui le reconnut enfin. L'inconnu était maintenant démasqué : il s'agissait de Serpent-Boucle, roi de Calakmul.

Entouré par des millions d'insectes, Chini'k Nabaaj avait l'impression d'être dans un autre univers. Le bruit des bourdonnements était tel qu'on eût dit que tout son être en était imprégné. Il vit des fourmis grimper sur ses jambes. Puis d'autres montèrent sur son torse, ses bras et son visage, ce qui lui causa de vives démangeaisons. Il tenta de les repousser avec ses mains, mais il se rendit compte qu'elles étaient paralysées. Il usa en vain de toutes ses forces.

Il lui sembla que les fourmis le dévoraient et, pendant quelques instants, il craignit pour sa vie. Mais il fut surpris de constater qu'elles commençaient à se retirer et qu'il pouvait, de nouveau, avoir le loisir de bouger ses membres comme il l'entendait. Cependant, il était maintenant plongé dans l'obscurité la plus totale. Il n'entendait plus que le bruit des insectes qui tourbillonnaient autour de lui. De sa main, il tâta ses jambes. Il s'aperçut que sa peau était redevenue lisse. Il n'était plus en colère, il se sentait même serein. Il comprit alors que les fourmis rouges avaient mangé la peau de Chini'k Nabaaj afin de le libérer de son emprise.

Pakkal sentit qu'il était soulevé dans les airs et qu'on le couchait. Il resta dans cette position quelques instants, puis on le posa, sur le dos, sur un objet dur. Lentement, les insectes s'éclipsèrent. Le prince ouvrit les yeux et vit, tout autour de lui, des visages lumineux qui le regardaient d'un air intrigué. Il se releva. Il était à côté du feu de camp, entouré par les guerriers célestes. Nalik apparut.

– Entrée remarquée, dit-il.

Du regard, Pakkal fit le tour du campement.

– Où est Pak'Zil?

– Je l'ignore, répondit Nalik. Je croyais qu'il était parti avec vous.

Le père de Pakkal s'approcha.

– Ça va, mon fils?

– Les scorpions? demanda le prince.

– Ça n'a pas été facile, mais les guerriers s'en sont occupés.

– Nous devons nous rendre dans la cité, déclara Pakkal. Le temps presse. Il faut nous préparer à une attaque de Xibalbà dès que Hunahpù fera son apparition dans le ciel. Laya? Vous avez vu Laya?

– Je l'ai vue partir avec Takel, fit Nalik.

– Bien, alors elle est en sécurité. Pak'Zil a probablement retrouvé le chemin de la cité. Nous le rejoindrons là-bas.

Pakkal appela Docatl.

– Préparez-vous à partir pour Palenque. Occupez-vous de Frutok. Je veux rapporter sa dépouille dans la cité.

Le chef des guerriers célestes toucha le bracelet qu'il portait au poignet. Chacun de ses hommes en possédait un semblable, et tous les bracelets se mirent à scintiller. Disciplinés, les guerriers se mirent en rang, sauf quatre qui se chargèrent du hak devenu tootkook.

Docatl regarda le ciel pour se situer et donna à ses hommes l'ordre d'avancer. Lorsqu'il le pouvait, Pakkal observait l'horizon afin d'y déceler les signes de l'arrivée de Hunahpù. Mais il n'y en avait toujours pas. Il se rappela ce que Buluc Chabtan lui avait révélé par l'entremise de son père : il avait capturé le soleil. Mais le prince ne pouvait faire confiance à un seigneur de la Mort. Peut-être Buluc Chabtan lui avait-il dit cela pour qu'il baissât sa garde et qu'il ne se pressât pas de revenir à Palenque. En revanche, il se dit que les suppôts du Monde inférieur ne lui avaient jamais menti : chacune de leurs révélations était cruellement vraie.

Mais si elles maintenaient Hunahpù prisonnier, les créatures de Xibalbà ne pourraient pas attaquer la cité, puisque c'était le signal des cieux qu'elles attendaient et qui garantissait le succès de leur entreprise. Pakkal était perplexe.

Enfin, il entra dans la cité. Il y eut quelques échauffourées avec des chauveyas, mais elles furent sans conséquence malheureuse : les rayons que les guerriers célestes projetaient pulvérisaient littéralement les soldats de l'armée de Xibalbà.

Pakkal demanda que l'on enveloppât le corps de Frutok dans de grandes toiles de coton. Il fit transporter la dépouille dans le temple royal, prévoyant de lui offrir des funérailles dès que la cité ne serait plus menacée.

Tuzumab fut escorté vers la demeure du praticien Bak'Jul qui, une fois remis de la surprise qu'il eut en le voyant, essaya d'accélérer la guérison de sa plaie.

Docatl déploya ses guerriers aux quatre coins de la ville. Ils étaient prêts à affronter Xibalbà. Le chef leur ordonna de signaler tout mouvement suspect provenant de la Forêt rieuse. La cité étant survolée par de nombreux chauveyas, Docatl permit à ses guerriers de faire le ménage du ciel. Pendant quelques instants, la cité fut éclairée par les rayons lumineux des guerriers célestes. Les chauves-souris comprirent et cessèrent de voler au-dessus de Palenque.

Le prince avait tant de choses à penser. Il devait trouver un moyen d'éviter un affrontement entre les guerriers célestes et Zipacnà. Il aurait dû empêcher Docatl d'éparpiller ses guerriers avant d'avoir pu prévenir le géant. Il devait le trouver; c'était sa priorité.

Aussi, en cherchant Zipacnà, il s'inquiéta pour Pak'Zil qu'il n'avait toujours pas revu et il songea à Laya. Xantac lui avait dit que la jeune fille devrait embrasser Selekzin avec une gomme spéciale dans la bouche pour mettre fin à son envoûtement. Mais il n'arrivait plus à se rappeler le nom de cette gomme. Il n'en avait jamais entendu parler. Quand allait-il trouver le temps pour régler ce problème? Par où commencer? Et les scorpions géants qu'il avait dû affronter, d'où venaient-ils?

— Salut!

Laya surgit devant lui.

— Tu as vu Pak'Zil? Et Zipacnà? demanda Pakkal.

— Non et non. Que se passe-t-il? Tu as l'air tendu.

Le prince continua à marcher.

— Tendu? Moi? Voyons donc!

— Dis, demanda Laya, tu sais ce que tu vas faire?

— Faire? De quoi parles-tu?

— Eh bien, avec l'attaque de Xibalbà, tu sais quelle sera ta stratégie?

Pakkal s'arrêta et posa ses mains sur ses hanches.

— Je n'ai pas de tactique, et même si j'en avais une, crois-tu que je te la révélerais? Je t'imagine très bien, par la suite, aller retrouver Selekzin pour tout lui raconter. Je ne suis pas idiot. Je sais qu'il t'a jeté un sort.

Laya fut offusquée.

– Un sort? Moi? Jamais! Je le trouve beau, c'est tout.

– Beau? Il pue la mort! Et il a toujours été un être méchant et vindicatif.

– Tu es jaloux, K'inich Janaab.

– Jaloux, moi? De qui? De lui? Parce que tu l'aimes? C'est ridicule.

– Je crois que tu m'aimes, K'inich Janaab. Et tu ne veux pas te l'avouer.

Ils furent interrompus par une énorme secousse qui fit trembler le sol, ce qui fut une bonne chose pour le prince, puisqu'il ne savait pas trop quoi répliquer.

Pakkal pouvait cesser de chercher Zipacnà : le géant s'avançait vers lui, assailli par des dizaines de guerriers célestes.

• ✦ •

Le prince se prit la tête entre les mains, découragé. Zipacnà parvenait sans difficulté à se débarrasser des guerriers célestes qui l'agressaient parce qu'ils étaient peu nombreux. Mais, dans quelques instants, ils seraient toute une légion à fondre sur le dieu des Montagnes si Pakkal n'intervenait pas. La situation deviendrait alors incontrôlable, si elle ne l'était pas déjà.

– Arrêtez ! cria le jeune Maya. C'est un allié !

Zipacnà faisait de grands gestes pour se défendre des rayons lumineux des guerriers. Il atteignit le haut du temple. Il n'offrit aucune résistance. Des pierres se mirent à pleuvoir. Laya se protégea la tête avec ses bras et alla se cacher.

– Arrêtez ! hurla de nouveau Pakkal.

Il n'y avait rien à faire. Les guerriers célestes étaient déchaînés. Docatl arriva, suivi de plusieurs guerriers. Lorsqu'il vit le géant, il afficha un air de stupéfaction.

– C'est lui ! C'est Zipacnà !

Le prince se plaça devant lui.

– Demandez aux guerriers célestes de cesser immédiatement…

– Attaquez-le !

– Non ! Ordonnez à vos troupes de se retirer sur-le-champ.

Mais Docatl ignora le prince, et lui-même posa un genou sur le sol pour projeter un rayon lumineux en direction du géant.

Zipacnà avait de plus en plus de mal à se défendre. Et les gestes qu'il faisait rendaient les lieux dangereux. Pakkal sortit de sa sacoche le jade intemporel que son grand-père lui avait donné. Il le sépara en deux et en jeta un morceau sur le sol.

La scène s'immobilisa. Même les flammes des torches qui étaient plantées autour des temples ne dansaient plus. Le prince devait maintenant repousser les guerriers célestes. Il tenta d'en déplacer un, mais il était beaucoup trop lourd. Il fit le décompte rapidement : il y avait à présent plus de cinquante guerriers qui cernaient Zipacnà. Le temps dont il disposait était trop court. Il vieillissait à vue d'œil. Et bouger Zipacnà était, évidemment, impossible.

Soudain, Pakkal eut une idée. Mais il devait faire vite. Il grimpa sur la jambe de Zipacnà et prit la direction du sommet, c'est-à-dire celle de sa tête. De la jambe du géant à ses épaules, il avait vieilli d'une bonne dizaine d'années. Il était maintenant un jeune adulte. Il mit ses mains en forme de porte-voix et hurla :

— Siktok !

Son plan ne pouvait fonctionner sans le lilliterreux. Il attendit quelques instants, puis réessaya :

— Siktok !

Pakkal vit une petite masse grise courir dans sa direction.

— Prinze Pakkal, où êtes-vous ? demanda Siktok.

— Ici, dit le prince. Je suis sur la tête de Zipacnà.

Le lilliterreux leva le menton.

– Ze ne vous vois pas.

– Pas grave. Siktok, tu vois tous ces guerriers autour de toi?

– Oui.

– Tu dois les repousser.

– Les repouzzer? Mais comment faire? Ze zuis beaucoup trop petit.

– Transforme-toi en tornade et fais le ménage. Mais attention, je ne veux pas qu'ils se retrouvent à Toninà. Et vas-y doucement. Ce sont nos amis.

– Douzement? Comment fait-on pour être doux?

– C'est toi qui le sais. Laisse-moi le temps de descendre.

Pakkal eut plus de mal à revenir sur le sol qu'il n'en avait eu à escalader Zipacnà. Il s'empara de la moitié du jade intemporel dont il avait besoin pour réenclencher l'horloge du temps.

– Tu es prêt? demanda-t-il, remarquant que sa voix était plus grave.

– Oui, ze crois, dit Siktok.

– Dès que tu te seras transformé en tornade, je joindrai les deux morceaux du jade intemporel. Lorsque tu auras terminé le ménage, je serai en meilleure position pour discuter avec eux.

Siktok fit un tour sur lui-même et, rapidement, de forts vents se levèrent. Pakkal colla les deux morceaux du jade intemporel.

Si Siktok avait essayé d'être doux avec les guerriers célestes, il avait lamentablement échoué. Rien ne résistait au passage de la violente tornade qu'il était devenu. Les guerriers célestes étaient propulsés dans le ciel.

Zipacnà eut même de la difficulté à rester debout. Il s'accroupit, ce qui permit à Pakkal de grimper de nouveau sur lui pour aller lui parler à l'oreille.

– Ils t'en veulent, lui déclara-t-il. Mais tu dois leur montrer que tu n'as pas peur d'eux. Fais-moi confiance, je vais t'aider.

– D'accord, fit le géant.

Les vents se calmèrent et Siktok réapparut.

– Alors? demanda-t-il à Pakkal.

– Eh bien! répondit le prince, le ménage a bien été fait. Je devrai cependant te faire la démonstration un jour de ce qui est doux et de ce qui ne l'est pas.

– Z'ai zoif.

– Va te désaltérer. Je me chargerai du reste.

Quelques guerriers célestes avaient réussi à s'agripper à des objets bien ancrés au sol. Pakal reconnut l'un d'eux: c'était Docatl.

Il s'avança vers lui.

– Docatl, je veux que vous ordonniez à vos hommes de ne pas agresser Zipacnà. Vous avez provoqué sa colère et c'est son souffle qui a balayé votre armée. La prochaine fois, avec sa très grande force, il n'hésitera pas à vous renvoyer dans le ciel. N'est-ce pas, Zipacnà?

Pakkal se tourna vers le géant. Parce qu'il ne réagissait pas, il lui fit les gros yeux.

– N'est-ce pas, Zipacnà?

Le dieu des Montagnes le dévisageait d'un air ahuri. Constatant qu'il ne comprenait pas, le prince appuya sur chacun de ses mots:

– Zipacnà est très puissant. Je ne sais pas combien de temps il vous fera l'honneur de ne pas déployer sa grande force contre vous.

Zipacnà croisa les bras sur sa poitrine et hocha la tête sans conviction.

– Oui, c'est le cas.

Les guerriers célestes, déboussolés, se réunirent autour de leur chef, lançant des regards méchants au géant. Docatl prit la parole:

– Prince Pakkal, sauf tout le respect que je vous dois, le sort que nous allons réserver à Zipacnà n'est pas négociable.

Le chef leva un bras. Son bracelet s'illumina. Ceux des guerriers célestes se mirent aussi à scintiller. Pakkal n'eut pas le temps de les compter, mais il estima qu'il y en avait au

moins une cinquantaine. Docatl baissa rapidement le bras et pointa Zipacnà du doigt:

– Guerriers célestes, attaquez!

La hargne déformant les traits de leurs
visages, les guerriers célestes foncèrent en
direction du géant. Pakkal tourna les talons et
courut vers Zipacnà.

– Fâche-toi! lui cria-t-il.

– Quoi? demanda le colosse.

– Fâche-toi! Montre-leur ce dont tu es
capable!

Pakkal alla se réfugier derrière le géant à
la tête de crocodile. Zipacnà s'accroupit et
planta ses pattes griffues dans le sol. Il attendit
que les guerriers célestes soient assez près, puis
il se releva, arrachant un morceau du sol sur
lequel se trouvaient quelques guerriers. Dès
qu'ils se rendirent compte qu'ils étaient
soulevés par le géant, ils paniquèrent et se
jetèrent dans le vide.

Zipacnà projeta le morceau de terre sur
d'autres guerriers qui se retrouvèrent ensevelis.

Un groupe l'attaquait maintenant sur la
gauche. Le géant fit un pas en arrière,

empoigna le tronc d'un arbre et l'arracha du sol. Il balaya les guerriers avec le feuillage et les envoya valser plus loin.

Quelques guerriers célestes lancèrent des rayons lumineux à Zipacnà, ce qui ne sembla pourtant pas l'indisposer, sa carapace le protégeant des attaques. Mais lorsque sa tête fut visée, un rayon toucha son œil et le géant fut aveuglé.

Docatl en profita pour réunir une dizaine de guerriers devant lui. Ils grimpèrent les uns sur les autres jusqu'à ne former qu'un seul corps. Le super guerrier ainsi formé mit un genou par terre et dirigea la paume de sa main vers Zipacnà. Une boule de lumière de la même hauteur que le guerrier se forma. Sans la toucher, ce dernier fit le geste de la lancer. Le projectile termina sa course sur la poitrine du géant. Les pieds de Zipacnà balayèrent le sol et il s'affala sur un temple. Les guerriers célestes se séparèrent et se dirigèrent vers lui.

Le choc fut d'une violence telle que le prince crut qu'il venait de perdre un autre membre de l'Armée des dons. Mais Zipacnà se redressa. De son poing, il frappa le temple. Des rochers furent broyés sous la force du coup. Le colosse avait la gueule ouverte. Pakkal en conclut que, cette fois, il était véritablement en colère.

Zipacnà cueillit un bouquet d'arbres et les lança, les uns après les autres, sur les guerriers célestes qui s'approchaient. Puis il se tourna vers le temple qu'il avait détruit en tombant et plaça ses mains en dessous. Pakkal n'aurait jamais cru cela possible : le géant souleva les fondations du temple au-dessus de sa tête, prit son élan dans un mouvement arrière et catapulta les ruines du monument. Le temple, qui devait son érection à plus de dix années d'efforts surhumains, retomba en poussière sur le sol. Effrayés, les guerriers célestes battirent en retraite.

Mais Zipacnà n'en resta pas là. Il les prit en chasse. Chacun de ses pas faisait trembler le sol. Lorsqu'il attrapait un guerrier céleste, il le faisait disparaître dans la Forêt rieuse en le jetant comme s'il s'agissait d'un vulgaire caillou.

Puis le géant mit la patte sur Docatl et le souleva à la hauteur de ses yeux pour le regarder.

– Je suis désolé, fit-il. Mais je vous avertis : si vous n'acceptez pas mes excuses, je vais devoir vous broyer.

Pakkal courut en direction de Zipacnà. Il leva la tête et cria :

– Docatl, vous devez accepter les excuses de Zipacnà. Vous devez faire comme nous tous si vous ne voulez pas disparaître : mettre de côté vos vieilles rancunes. C'est le seul moyen de vaincre Xibalbà.

– Déposez-moi, demanda Docatl.

Zipacnà, encore en colère, n'obéit pas.

– Déposez-moi et nous pourrons discuter.

– Zipacnà, l'implora Pakkal.

Le géant déposa, avec une certaine rudesse, le chef des guerriers célestes. Docatl arrangea son équipement et, l'air digne, déclara :

– Au nom des miens, je vous accorde notre pardon.

Pakkal frappa dans ses mains.

– Bien !

Zipacnà se retourna et, l'air contrit, observa le désordre que sa bagarre avec les guerriers célestes avait provoqué.

– Je suis désolé, marmonna-t-il en ramassant les arbres qu'il avait déracinés. Il y a bien longtemps que je ne m'étais pas fâché ainsi.

– Je te comprends, dit le prince.

Le géant entreprit de faire le ménage. Pakkal se plaça devant Docatl qui fixait le sol, humilié.

– Je suis le prince de Palenque, donc celui qui décide, ici.

– Je suis navré, répondit le chef des guerriers célestes.

– Demandez à quelques-uns de vos guerriers d'aider Zipacnà à nettoyer les lieux. Je ne veux voir aucun accrochage, c'est compris?

– Oui, prince Pakkal.

– Et replacez vos hommes dans la cité. Xibalbà est à nos portes. Ce serait le comble si nous lui facilitions la tâche. Prouvez-moi que vous avez le contrôle de votre armée.

Pakkal était persuadé que les guerriers célestes allaient se tenir tranquilles. Il quitta Docatl et courut vers le temple royal. Il n'y avait pas un instant à perdre.

En grimpant les escaliers, il croisa Kinam, une torche à la main. Il lui fit un signe de la tête, puis tout ce qu'il avait appris à propos de l'expulsion de son père lui revint.

– Kinam?

Le chef de l'armée de Palenque interrompit sa descente et se tourna.

– Oui, prince Pakkal.

Le garçon descendit quelques marches pour se retrouver au même niveau que lui. Parce qu'il ignorait comment aborder la question, il alla droit au but:

– Mon père est dans la cité.

Kinam n'afficha aucune émotion.

– Bien, fit-il.

– Je compte sur vous pour le protéger.

– Vous pouvez compter sur moi. Il n'arrivera rien à votre père.

Une multitude de questions se bousculaient dans la tête du prince. Il fallait faire avouer à Kinam ce qui s'était vraiment passé. Lui demander comment il avait fait pour feindre de ne pas avoir tenté d'assassiner Tuzumab. Savoir s'il avait été motivé par l'amour qu'il portait à dame Zac-Kuk. Il sentit monter en lui une sourde colère.

Il ferma les yeux et prit une profonde inspiration. Il devait se contrôler. Il devait faire le vide et penser à autre chose.

– Merci, Kinam.

Puis il remonta les marches quatre à quatre.

Avant d'entrer dans le palais, Pakkal fut intercepté par Nalik qui observait les étoiles.

– Je dois vous parler, lui dit-il.

– Que se passe-t-il ?

– Tuzumab, c'est votre père ?

Le prince hocha la tête.

– Il a un talent extraordinaire. Quand j'étais dans le ventre de Cabracàn avec lui, il pouvait faire apparaître ce qu'il voulait comme bon lui semblait. Il pourrait faire partie de l'Armée des dons.

C'était la première fois que Pakkal entendait dire que son père avait un don. Nalik, qui était habituellement réservé, semblait si emballé que le prince ne douta pas de la véracité de ses dires. Mais il avait d'autres préoccupations plus urgentes.

– Merci du renseignement, Nalik.

Pakkal entra dans le palais éclairé par des torches accrochées aux murs. Dame Kanal-Ikal, sa grand-mère, dormait sur un tapis, au fond de la pièce. Kalinox, le vieux scribe, également, mais à l'autre bout. Sur la table se trouvaient les codex de Xibalbà et, à leurs côtés, Loraz, la tarentule de Pakkal.

– Salut, toi, fit ce dernier en la poussant délicatement sur sa main.

Il la posa sur son épaule, trouva une chaise et s'y assit. Le prince avait les jambes lourdes et les bras ankylosés. Son esprit était embrouillé par tout ce qui venait de se produire. Il aurait voulu s'endormir et ne se réveiller qu'à la toute fin de cette aventure. L'aventure qu'il vivait était de plus en plus éprouvante physiquement, mais encore davantage psychologiquement en raison des écueils auxquels il se heurtait. Pour la première fois, Pakkal se dit qu'il n'y arriverait pas. Qui était-il pour sauver la Quatrième

Création? Certes, il était né le même jour que la Première Mère. Certes, il était le fils de sa réincarnation. Certes, il avait un don. Certes, il avait six orteils à chaque pied. Pourquoi était-ce donc si ardu? S'il était véritablement la personne qui allait sauver la Quatrième Création, la tâche serait sûrement plus aisée. Et s'il était l'élu, il n'aurait pas eu à affronter son Hunab Ku, Chini'k Nabaaj, qui menaçait de surgir à tout instant.

Les soldats de l'armée de Palenque étaient épuisés et effrayés. Ils étaient courageux et vaillants, mais avaient atteint leurs limites. Pakkal était parvenu à libérer les guerriers célestes et ils protégeaient désormais la cité. Même si leurs rayons lumineux étaient fort efficaces contre les chauveyas, que pourraient faire quatre cents guerriers célestes contre dix mille, cent mille ou un million de chauveyas?

– Ça va, mon fils?

Pakkal releva les yeux. Son père était entré dans le palais royal. Un morceau de coton adhérait à son épaule blessée. Bak'Jul lui avait probablement appliqué une de ses pommades miracles. Tuzumab observait les lieux.

– Il y a bien longtemps que je n'ai pas mis les pieds ici.

Après avoir pris place à côté de son fils, il pointa Loraz.

– Je vois que tu as une amie. Dire que, lorsque tu étais plus jeune, tu avais peur de ces bestioles-là.

Nalik apparut.

– Tuzumab, montrez à Pakkal ce dont vous êtes capable.

Tuzumab parut étonné.

– Capable de quoi?

– Vous savez, ce que vous arriviez à faire dans le ventre du géant à tête de tortue. La demeure que vous avez fait apparaître, le singe géant, les portes...

Tuzumab bafouilla:

– Euh... non... pas ici...

– Mais oui, vous le pouvez. Montrez à votre fils ce dont vous êtes capable. Il sera impressionné. Tenez, faites apparaître quelque chose de simple comme... un perroquet.

Tuzumab se concentra et regarda la table de pierre.

– Je vois... je vois un perroquet.

– Observez! dit Nalik à Pakkal.

– Voilà! s'exclama Tuzumab en se relevant.

Il s'approcha de la table et tendit un doigt, mais le retira prestement.

– Non, non, on ne mord pas, fit-il.

Tuzumab tendit son bras, comme si un perroquet y était perché.

– Ce sont toujours ces perroquets-là que j'ai préférés. Leurs plumes multicolores sont si belles. Quand j'étais enfant, j'en avais un comme celui-là. Je lui avais même appris à dire quelques mots.

Nalik était interloqué. Pour faire cesser le malaise, il se mit à rire.

– Bonne blague, Tuzumab.

Mais cela ne fit qu'amplifier le malaise.

– Qu'y a-t-il ? demanda le père du prince. Vous n'aimez pas mon perroquet ?

Il approcha sa bouche de l'endroit où l'oiseau aurait dû se trouver et fit mine de l'embrasser.

– Tuzumab, s'écria Nalik, un sourire forcé aux lèvres, il n'y a pas de perroquet.

– Bien sûr qu'il y en a un.

– Il n'y en a pas, *taat*, dit Pakkal.

Un silence lourd s'installa. Tuzumab feignit de caresser le dos de son perroquet tandis que son fils avait les yeux rivés sur le plancher. Nalik croyait toujours à une plaisanterie.

– Cessez de blaguer, s'impatienta la Fourmi rouge. Montrez à votre fils ce dont vous êtes capable.

Tuzumab baissa le bras et sortit de la pièce en marmonnant. Nalik leva les épaules en signe de dépit.

– Je suis désolé, prince Pakkal. J'ai vu votre père, dans le ventre de Cabracàn... Je ne suis pas fou!

Pakkal trouva l'expression de Nalik involontairement mal choisie.

– Je sais que tu n'es pas fou.

À cet instant, Laya entra dans le temple royal. Elle se dirigea illico vers le prince lorsqu'elle le vit.

– Alors, sais-tu ce que tu vas faire?

Pakkal posa Loraz sur la table de pierre.

– Oui, je sais ce que je vais faire, répondit-il. Je vais trouver un moyen pour te délivrer de cette obsession que tu as pour Selekzin.

– Selekzin?! fit Laya. Tu as dit Selekzin? Est-il ici?

Le garçon ferma les yeux d'exaspération. Xantac lui avait parlé d'une gomme qui pourrait guérir Laya de son béguin pour cet être méprisable. Peut-être le vieux scribe savait-il quelque chose à ce sujet. Pakkal l'espérait.

Il s'approcha de Kalinox et essaya de le réveiller en chuchotant son nom. Cela n'eut aucun effet. Il mit sa main sur son épaule et le secoua.

– Kalinox? Kalinox?

Un instant, il crut que le vieil homme était décédé. Aussi sursauta-t-il lorsque Kalinox ouvrit les yeux.

— Que se passe-t-il?

— Vous m'avez fait peur! Je croyais que vous ne respiriez plus.

— Tu ne te débarrasseras pas de moi aussi facilement, petit homme.

Pakkal lui parla d'une gomme qui pourrait régler le problème de Laya. Le vieux scribe répondit:

— Je sais de quoi tu parles. C'est la gomme de *nic te'*, non?

Kalinox se dirigea vers la table de pierre et posa les deux mains sur les codex de Xibalbà.

— Ces documents commencent à me hanter. Dis-moi, prince Pakkal, tu sais où est Pak'Zil?

— Aucune idée. Nous avons perdu sa trace dans la Forêt rieuse. Dites-moi ce que vous savez de la gomme de *nic te'*.

— Parfois, des hommes ou des femmes deviennent complètement obnubilés par un individu. Ils ne peuvent arrêter d'y penser et gardent son souvenir vivace au plus profond d'eux-mêmes. Leurs yeux sont plus lumineux et ils affichent toujours un sourire. Cela s'appelle l'amour. C'est une source formidable de joie, mais cela peut aussi générer beaucoup de tristesse. Quand elle voyait quelqu'un qui était amoureux, ma mère disait toujours que seule la gomme de *nic te'* pouvait venir à bout de ce sortilège.

— Alors, où peut-on la trouver, cette gomme?

Kalinox prit l'un des codex de Xibalbà et l'approcha de ses yeux.

— C'est une légende, petit homme. La gomme de *nic te'* n'existe pas.

Pakkal leva la tête vers le plafond en signe de découragement.

— Jamais facile, souffla-t-il.

— Jamais facile, effectivement, répliqua Kalinox.

— Le *nic te'*, c'est une fleur, non?

Le vieil homme fit oui de la tête.

— Des fleurs, on peut en trouver. Il y en a partout.

— On dit que le *nic te'*, celui qui est censé produire la gomme que tu cherches, possède neuf pétales. Neuf pétales de couleur noire. Tu as déjà vu une fleur noire?

— Non. Mais pourquoi y a-t-il neuf pétales et non huit ou dix?

— Chacun représente un niveau du Monde inférieur.

– Il n'y a donc qu'à Xibalbà qu'on peut trouver cette fleur?

– Non, ce n'est pas ce que j'ai dit.

– Est-ce que les codex de Xibalbà en parlent?

– Peut-être. Pak'Zil en a déchiffré une partie, moi, une autre. Mais nous n'avons pas terminé.

Laya écoutait attentivement la discussion entre Kalinox et Pakkal. Si attentivement que cela parut suspect au prince. Celui-ci n'avait plus aucun doute: dès qu'elle détiendrait des informations pertinentes, elle s'empresserait de les transmettre à Selekzin. Il se tourna vers elle.

– Sache que je suis désolé, lui dit-il.

– Désolé? De quoi?

– C'est pour ton bien que j'agis ainsi. Le bien de Palenque et du Monde intermédiaire.

– De quoi parles-tu?!

Pakkal s'approcha d'un soldat qui montait la garde dans le palais royal et lui ordonna:

– Emparez-vous d'elle.

Laya sursauta.

– Quoi?!

– Ce sera temporaire, Laya. Le temps que nous trouvions une solution à ton problème.

– Mon problème? Je n'ai pas de problème!

Le soldat voulut saisir le bras de la princesse, mais elle le repoussa. En pointant vers lui un doigt menaçant, elle lui lança :

– Si tu me touches, je vais prendre ta lance, te la faire entrer dans une oreille et la faire sortir de l'autre. Je le ferai si prestement que tu n'auras même pas le temps de souffrir.

Deux autres soldats s'avancèrent. Un cri retentit.

– Enlevez-moi cette sale bestiole !

C'était dame Kanal-Ikal, la grand-mère du prince. Elle avait été réveillée par une démangeaison sur sa joue. En voulant se gratter, elle avait mit la main sur quelque chose de poilu : Loraz.

– Ne bougez pas, grand-mère, cria Pakkal en venant à sa rescousse. Si vous faites un faux mouvement, elle peut vous piquer.

– Elle ne va jamais tant regretter de s'être défendue que si elle me pique, je t'assure. Je vais faire des nœuds dans ses pattes.

Le prince parla doucement à sa tarentule pour l'inciter à venir sur sa main. À l'autre bout de la pièce, un tumulte s'éleva. Laya avait essayé de s'enfuir, mais les soldats l'en avaient empêchée.

– Laissez-moi sortir ! tonna la princesse.

Pakkal leur fit un signe de la tête. Deux soldats l'agrippèrent, par un bras. Mais Laya ne se laissa pas faire : elle pila sur le pied d'un soldat, puis asséna un coup de coude dans le sternum de l'autre. Elle parvint à se faufiler dehors.

– Elle est brute, cette petite, commenta Kalinox.

– Il ne faut pas la laisser s'enfuir ! s'écria Pakkal. Rattrapez-la !

Les soldats n'eurent pas à aller bien loin. Laya était tombée nez à nez avec Kinam. Il l'avait retenue. Elle tenta de se défendre avec ses poings, mais elle n'arriva pas à faire broncher le chef de l'armée de Palenque. Elle abandonna la partie et pencha la tête en signe de soumission.

– Amenez-la, ordonna Pakkal. Il doit toujours y avoir quelqu'un avec elle. Veillez à ce qu'elle ne manque de rien.

Alors que Kinam la confiait à deux de ses soldats, Laya sortit de son état d'abattement et s'empara d'une des lances qu'elle pointa en direction des soldats.

– Reculez ! Si vous faites un pas de plus, je n'hésiterai pas à vous transpercer.

Le visage de Kinam se durcit. Pakkal lui fit signe de ne pas utiliser la force pour la désarmer.

– Laya, déclara-t-il, personne ne te fera de mal, tu en as ma parole.

La princesse jeta des regards apeurés autour d'elle.

– Dis-leur de me laisser partir.

Pakkal fit non de la tête. Il tendit la main.

– Donne-moi cette lance. Je suis persuadé que personne, y compris toi, ne voudrait qu'un accident se produise.

Laya brandissait toujours la lance, prête à piquer le premier qui oserait essayer de la lui prendre. La grand-mère de Pakkal fendit le cercle de soldats cernant la princesse et clama :

– Je vais vous montrer comment on doit agir. Laya, donne-moi cette lance immédiatement. Sinon, je vais te le faire regretter.

Pakkal vit Kinam poser sa main sur son front.

– Ça va mal se terminer, murmura-t-il.

Laya ne bougea pas. Dame Kanal-Ikal fit un pas en avant. Pakkal n'en crut pas ses yeux : la jeune fille fonça en direction de sa grand-mère. Dame Kanal-Ikal évita la pointe en pierre d'obsidienne en déplaçant son torse sur le côté. Elle attrapa la lance au passage et la tira vers elle. Laya lâcha prise et perdit l'équilibre. La vieille dame fit faire un demi-tour à la lance, puis en dirigea la pointe vers la princesse.

— Cette folie a assez duré, dit-elle. Amenez-la.

Lorsqu'il avait été chassé de la cité, Tuzumab s'était dit que plus jamais il n'y remettrait les pieds. Même si l'idée de ne plus revoir son très cher fils K'inich Janaab lui fendait le cœur, c'était mieux ainsi. Il n'était pas dupe : il savait que sa seule présence dans le temple royal en tant que conjoint de dame Zac-Kuk, la reine, provoquerait de nombreux remous dans la ville. Il se rendait aussi compte que son comportement n'était pas « normal ». Mais il ne pouvait rien y faire. Il avait essayé de faire taire les voix qu'il entendait dans sa tête ; il leur avait même ordonné de le laisser tranquille, mais sans résultat. L'étrangeté de son comportement tenait à ce qu'il était le seul à pouvoir visualiser les fruits de son imagination. Il avait demandé de l'aide. Il avait rencontré Bak'Jul et, pour la première fois, s'était ouvert. Le praticien lui avait recommandé de faire quelques séances de *tunich*, dans le centre du Groupe de l'Arbre, question de libérer ses pensées des mauvais esprits. Ses incantations n'avaient rien changé à la situation. Puis Bak'Jul lui avait fait consommer des liqueurs. Elles avaient provoqué des hallucinations sur lesquelles il n'avait aucun contrôle. Bak'Jul avait dû se rendre à l'évidence : il ne pouvait rien pour Tuzumab. Le père de Pakkal avait même surpris une conversation entre lui et dame Zac-Kuk. Le praticien avait prononcé le mot appréhendé : « fou ». Tuzumab était fou et il n'existait aucun remède pour le guérir.

Les disputes avec dame Zac-Kuk, au sujet de son comportement irrationnel, avaient subitement cessé. Puis, un matin, son bon ami Kinam l'avait invité à une chasse aux plumes de quetzal dans la Forêt rieuse. Mais Tuzumab savait que ce n'était pas une invitation cordiale. Les voix dans sa tête l'avaient averti que Kinam allait tenter de l'assassiner pour débarrasser Palenque du sérieux problème politique qu'il représentait.

Ils étaient partis tôt le matin, avant même le lever de Hunahpù. Tuzumab avait embrassé son fils qui dormait à poings fermés. Ce dernier ne pouvait donc soupçonner qu'il était pour la dernière fois en présence de son *taat*.

Tuzumab n'avait pas pensé à emporter que son couteau d'obsidienne. Kinam était de bonne humeur, ce matin-là. Il racontait même des blagues, ce qui n'était pas son habitude. Il avait paru nerveux.

Tuzumab avait pris soin de ne pas lui tourner le dos, la main toujours prête à dégainer son couteau d'obsidienne. Les voix dans sa tête n'avaient cessé de lui répéter qu'il devait tuer avant d'être tué. Mais il avait résisté.

Alors qu'ils s'étaient arrêtés au bord d'un ruisseau pour boire, Kinam lui avait dit:

– Je suis désolé.

Tuzumab avait tourné la tête vers son ami, sourire en coin.

– Je suis désolé aussi.

Il avait sorti son couteau d'obsidienne et avait attaqué le premier. Kinam, même s'il était un irréprochable garde royal, n'avait pas vu venir le coup. La lame lui avait coupé l'avant-bras. Il avait tenté de récupérer sa lance, qu'il avait déposée pour boire, mais Tuzumab avait posé un pied dessus. Il s'était penché et l'avait ramassée.

Des dizaines de voix dans sa tête lui disaient d'en finir avec Kinam. Il avait cependant beaucoup d'amitié pour lui. Ils se connaissaient depuis leur plus tendre enfance. Lorsque les parents de Kinam étaient morts, ceux de Tuzumab l'avaient recueilli sous leur toit et il était devenu un membre de la famille à part entière. Le père de Tuzumab étant le cousin du roi Ohl Mat, il avait entrepris des pourparlers avec ce dernier afin de marier son fils à la princesse Zac-Kuk. Kinam n'avait jamais caché son attirance pour la fille du roi. On disait même qu'ils étaient de bons amis, puisqu'on les voyait souvent ensemble. Alors que Tuzumab était plus renfermé et agissait parfois de façon étrange, Kinam était fort, vigoureux et expressif. Mais le sang royal ne coulait pas dans ses veines. Malgré le mariage de Tuzumab et de la princesse, il était resté très proche de la famille, devenant même un garde royal.

Tuzumab avait pris la lance de son ami dans sa main et l'avait jetér le plus loin possible. Même si Kinam était réputé pour sa force, il n'avait pas osé attaquer son ami. Celui-ci était armé d'un couteau d'obsidienne et, bien qu'il fût moins imposant physiquement, il savait se défendre.

– Pourquoi les as-tu écoutés? avait demandé Tuzumab. Je suis ton ami.

– Tu es mon ami, mais tu menaces l'équilibre de la cité.

– Couche-toi sur le ventre, avait ordonné Tuzumab.

– Pourquoi?

– Sur le ventre!

Kinam avait fait mine de se pencher, mais il avait bondi en direction du père de Pakkal. Sans attendre, Tuzumab avait visé la cuisse et y avait fait pénétrer son couteau. Le garde royal s'était effondré de douleur. Tuzumab avait extirpé son couteau de la chair et l'avait planté dans l'autre jambe de Kinam afin de s'assurer qu'il ne le pourchasserait pas.

– Je ne te demande qu'une chose : occupe-toi de mon fils comme si c'était le tien.

Puis il avait disparu dans la Forêt rieuse et plus jamais on n'avait entendu parler de lui.

Le père de Pakkal avait parcouru le monde maya en prenant soin d'éviter les cités, afin de ne pas se faire capturer. Il avait vécu de nombreuses aventures et était parvenu à surmonter plusieurs périls. Il avait découvert que sa folie ne lui apportait pas que des malheurs. Un jour, en arrivant au pied de l'Arbre cosmique et, en touchant le tronc, il avait eu une révélation : le Monde intermédiaire possédait une autre dimension et il pouvait y accéder. Il n'était pas fou, il était différent. Il ne lui restait qu'à trouver un moyen d'exploiter cette différence.

Tuzumab avait fait la connaissance des tootkook, gardiens de l'Arbre cosmique. Ceux-ci l'avaient encouragé à accepter sa différence et à apprendre à vivre avec les voix qu'il avait dans la tête plutôt que de les combattre.

Les tootkook lui avaient appris dès le départ que, la nuit venue, ils se transformaient en hak. Tuzumab allait devoir se montrer très prudent, puisque d'une des cavités qui se trouvaient à la base du tronc de l'Arbre cosmique émergeait, parfois, le Ramahu. Cette créature disait venir directement du Monde inférieur. C'était un monstre hideux, à tête de caméléon, qui adorait se nourrir des petits des tootkook.

Un jour que le Ramahu était affamé, Tuzumab avait eu l'occasion de l'affronter. C'était alors qu'il avait découvert que ce qu'il imaginait et que personne ne voyait dans le Monde intermédiaire pouvait l'aider à vaincre le Ramahu. Alors qu'un hak tentait de protéger son petit, une des voix que Tuzumab avait entendue dans sa tête lui avait dit d'attaquer le monstre avec une lance, ce qu'il avait fait en désespoir de cause, même s'il savait que l'arme n'allait être que le fruit de son imagination. À son grand étonnement, lorsque la lance imaginaire était entrée dans le dos du Ramahu, celui-ci s'était effondré.

Il avait été considéré comme un héros par les tootkook. Lorsqu'il leur avait annoncé son départ, ils lui avaient fait une grande fête.

Tuzumab s'était cependant gardé de leur dire que, sur les conseils de ses voix, il avait décidé d'entrer par la cavité de l'Arbre cosmique pour atteindre le Monde inférieur, là où ses pouvoirs, il l'espérait, allaient lui être utiles. Il ne s'était pas trompé ; à Xibalbà, il n'y avait qu'une seule limite : celle de son imagination.

Aussi, en sortant du temple royal, après avoir été humilié devant son fils parce qu'il avait été le seul à voir le perroquet, Tuzumab se dit qu'il n'aurait jamais dû revenir dans le Monde intermédiaire. C'était une erreur, même si cela lui avait permis de revoir son fils qui avait tant grandi.

– Bonjour, Tuzumab.

Le père de Pakkal fut arraché à ses pensées. Même si de vilaines cicatrices l'avaient défiguré, il reconnut son vieil ami.

– Salut, Kinam.

– Tu peux être fier de ton fils, dit Kinam à Tuzumab. Il m'a sauvé la vie.

Tuzumab descendit quelques-unes des marches de l'escalier qui menait au temple royal afin de se rapprocher de Kinam.

– Tu as raison, j'ai beaucoup de raisons d'être fier de lui.

Il fit une pause, puis ajouta :

– Je suis désolé pour les blessures que je t'ai infligées.

Tuzumab baissa les yeux et observa les cuisses de son ami. Sur chacune d'elles, il discerna deux lignes pâles. Kinam les regarda à son tour.

– C'est un souvenir de toi. Il n'y a pas eu une seule journée depuis que tu es parti où je n'ai pas pensé à toi, d'autant plus que K'inich Janaab te ressemble de plus en plus en vieillissant. J'ai longtemps cru que j'avais mal agi, mais je suis aujourd'hui en paix avec moi-même. C'était le sacrifice qu'il fallait faire pour préserver l'équilibre de la cité.

Tuzumab reconnut dans cette déclaration une des plus belles qualités de son ami : la franchise. Si peu de gens possédaient cette faculté de dire les choses comme ils les ressentaient tout en restant diplomates.

– Je comprends, répondit-il.

Kinam lui fit un timide sourire et monta l'escalier.

Tuzumab était content de revoir Palenque. Depuis qu'il était parti, la cité n'avait, somme toute, pas changé. Il s'assit en bas des marches et réfléchit à ce qu'il allait faire. Il ne resta pas longtemps seul. Les voix dans sa tête, sans y avoir été invitées, vinrent se joindre à lui. Certaines lui enjoignaient de fuir parce que Kinam allait une autre fois tenter de l'assassiner. Cela l'énerva. Il regarda derrière lui, histoire de s'assurer qu'il n'y avait personne.

D'autres voix lui suggéraient de trouver une arme et de tuer son ami. D'autres encore, plus pacifiques, lui conseillaient d'aider son fils à combattre les forces de Xibalbà.

Tuzumab prêta attention à une voix en particulier. Elle lui recommandait de prouver qu'il avait un don pour se débarrasser de la brûlure de l'humiliation qu'il venait de subir. Même blessé à l'épaule, c'était quelque chose qu'il pouvait accomplir.

Il se leva et se dirigea vers la Forêt rieuse. Son intention était de trouver des chauveyas et de les provoquer. Il passa à côté d'un guerrier céleste qui montait la garde. Quelques pas plus loin, il buta contre un petit être chauve qui semblait fait de terre et qui dormait. C'était Siktok le lilliterreux.

– Je suis désolé, dit Tuzumab.

Siktok se frotta les yeux. Il venait d'avaler une quantité effarante d'eau et cela l'avait littéralement assommé.

Le père de Pakkal poursuivit son chemin.

– Qu'allez-vous faire dans la forêt? demanda le lilliterreux, même s'il ne le connaissait pas.

– Je veux voir des chauveyas.

– Non. Mauvaize idée. Z'est danzereux, très danzereux.

– Je sais.

Tuzumab croyait qu'il allait trouver des soldats de Xibalbà rapidement. Ce ne fut pas le cas. Enfin, il entendit des bruits. Ralenti par l'obscurité, il parvint à ce qui ressemblait à un campement. Des torches de feu bleu étaient allumées et des chauveyas, une dizaine, s'amusaient à brutaliser un jeune homme grassouillet qu'il avait vu sur le sommet de la montagne. Il était clair dans l'esprit de Tuzumab que ce garçon ne faisait pas partie du Monde inférieur.

Lorsque les chauves-souris géantes le firent tomber sur le sol, le père de Pakkal craignit que le garçon ne fût mordu et transformé, à son tour, en chauveyas. Il intervint:

– Laissez-le tranquille!

Les chauveyas tournèrent la tête dans sa direction. Tuzumab savait qu'il était trop tard pour reculer, même si certaines voix l'exhortaient à le faire. Ces bêtes étaient expertes lorsqu'il s'agissait de se déplacer la nuit.

Tuzumab entendit des craquements derrière lui. D'autres chauveyas s'approchaient.

Du ciel, des soldats de Xibalbà descendirent et atterrirent devant lui. L'homme était cerné.

Une femme apparut. Avec ses taches noires sur les joues et la corde qu'elle avait autour du cou, Tuzumab la reconnut immédiatement : il s'agissait d'Ix Tab, la déesse du Suicide. Alors qu'il parcourait le Monde inférieur, il l'avait une fois croisée.

– Que se passe-t-il ? demanda-t-elle.

Voyant que les chauveyas s'étaient amusés avec son prisonnier, elle les admonesta :

– Je vous avais dit de le surveiller, pas de l'amocher.

Un des chauveyas, malgré l'intervention de la déesse, continua de malmener le prisonnier. Ix Tab ferma les yeux et posa sa main sur son dos. Le chauveyas se figea. Lorsqu'elle retira sa main, il s'envola. Tuzumab le vit foncer la tête la première sur le tronc d'un arbre. Étourdie, la chauve-souris géante s'envola une seconde fois et sa tête frappa encore le tronc. Cette fois, il y eut un craquement. La créature chuta sur le sol et demeura immobile. La déesse du Suicide venait de faire une autre victime.

Ix Tab remarqua que les regards des chauveyas convergeaient vers le même endroit. Elle vit Tuzumab qui parla le premier :

– Libérez-le, dit-il.

La déesse eut un rire gras.

– Es-tu si naïf au point de croire que je vais t'obéir?

– Libérez-le immédiatement ou vous allez le regretter.

Intriguée, Ix Tab s'approcha de l'homme.

– Me connais-tu?

– Oui, répondit Tuzumab.

– Sais-tu qu'il me suffirait de te toucher pour t'envoyer à Xibalbà comme je viens de le faire avec cette stupide bestiole? Sais-tu que tu n'es pas armé et que tu es entouré de chauveyas?

– Oui.

– Sauvez-vous! cria Pak'Zil au père de Pakkal.

– Non. Je ne repartirai pas sans toi.

Puis, en regardant Ix Tab, Tuzumab déclara:

– Je vous donne une dernière chance. Vous le libérez et vous nous laissez partir sans nous importuner.

Ix Tab rit de nouveau. Elle se tourna vers Pak'Zil et s'écria:

– C'est un fou!

– Vous n'avez jamais aussi bien dit, répliqua Tuzumab.

Pak'Zil s'attendait à voir, d'un instant à l'autre, le père de Pakkal se faire tailler en pièces par les chauveyas. Il l'entendit prononcer des paroles incompréhensibles. Alors, sans aucune raison, les chauveyas furent pris de panique. Ix Tab adopta une position défensive, puis fut projetée dans les airs.

Tuzumab était debout. Il regardait la scène d'un air satisfait.

Alors que Laya était conduite dans un endroit où elle ne pourrait causer aucun problème, Siktok entra en trombe dans la pièce principale du temple royal.

– Un homme est parti dans la forêt !

– Qui ? fit Pakkal.

Siktok le décrivit. Pakkal comprit aussitôt qu'il s'agissait de son père.

– Il ne sait sûrement pas ce qu'il fait. On ne peut pas le laisser seul dans la Forêt rieuse.

Kinam regarda le prince.

– Tuzumab ? lança-t-il.

Pakkal fit oui de la tête.

– Tuzumab ? demanda Kalinox.

– Tuzumab ?! s'écria dame Kanal-Ikal, interloquée.

– Oui, dit le prince. Il est de retour dans la cité. Kinam, venez avec moi, nous allons le retrouver.

– C'est trop dangereux, le prévint le chef de l'armée.

Pakkal le fixa avec un sourire narquois.

– Auriez-vous peur ?

– Non.

Le garçon se rendait compte de l'absurdité de la situation. Quelques années auparavant, Kinam avait été chargé de débarrasser la cité de la présence de son père ; aujourd'hui, il devait lui sauver la vie !

Pakkal partit à la recherche de son père avec Kinam, Siktok et plusieurs guerriers célestes. Le lilliterreux indiqua l'endroit où il avait vu Tuzumab la dernière fois et ils tentèrent de le repérer.

Il y eut soudainement une envolée de ce qui ressemblait à des oiseaux. En levant la tête, le prince vit qu'il s'agissait de chauveyas. Il cria en pointant le doigt :

– Par là !

Quelques pas et Pakkal vit enfin son père. Il était sain et sauf. Mais le garçon ne comprenait pas ce qui se passait. Des chauveyas semblaient attaquer un objet invisible. Certains s'immobilisés à tout coup dans les airs et retombaient sur le sol, morts. Il vit même une femme être propulsée dans les airs. Tuzumab restait debout, les bras collés au corps.

– Oh! là là! s'exclama Siktok.

– Que se passe-t-il? demanda Pakkal.

– Ze n'ai zamais vu za.

– Je ne vois rien, Siktok, déclara le prince.

– Ze zont deux zerpents, dit le lilliterreux. D'énormes zerpents.

– Il n'y a pas de serpent, le contredit Kinam.

– Oh! oui! répondit Siktok. Oh! oh!

– Que se passe-t-il? lança Pakkal.

Siktok alla se réfugier derrière sa jambe.

– Il y en a un qui z'approze! Ne bouzez plus!

– De quoi parles-tu? l'interrogea le chef de l'armée.

– Il est zi gros!

Kinam avança, tourna la tête à gauche, puis à droite. Il leva les bras d'exaspération.

– Il n'y a rien, affirma-t-il.

– Attenzion! cria Siktok.

Kinam s'éleva violemment dans les airs et fut secoué dans tous les sens. Il poussait des cris de douleur. Alors, Tuzumab se retourna et, en mettant deux doigts dans sa bouche, il émit un sifflement. Le guerrier atterrit lourdement sur le sol. Pakkal accourut à ses côtés.

– Vous allez bien?

Kinam baissa la tête et observa sa poitrine. Il en palpa la peau à la recherche de plaies. Rien, pas une seule égratignure.

– J'ai eu l'impression qu'on m'avait planté des dizaines de couteaux dans la peau.

Tuzumab s'approcha.

– Je suis désolé, mon ami, fit-il. Je n'ai pas un contrôle absolu sur eux.

– Eux? demanda Pakkal.

Tuzumab regarda son fils et, d'un air satisfait, déclara:

– Je ne suis pas fou. Ne crois pas ceux qui l'affirment.

Le garçon hocha la tête. Par la seule force de son imagination, son père avait anéanti des dizaines de chauveyas et manipulé Kinam comme s'il était une poupée de chiffon. Le lilliterreux, venu du Monde inférieur, avait tout vu. Il semblait que seuls les habitants de Xibalbà avaient ce privilège.

– Je te crois, *taat*, répondit Pakkal.

Il leva les yeux et il lui sembla voir quelqu'un étendu sur le sol, plus loin.

– C'est ton ami, dit son père.

– Pak'Zil?

Le prince courut le rejoindre. Le jeune scribe paraissait mal en point. Son corps était couvert de griffures. Pakkal comprit que les chauveyas s'étaient amusés avec lui. Il aida son ami à se redresser sur son séant.

– Tu as été mordu par un chauveyas ?

– Non, je ne crois pas. Je ne suis vraiment pas fait pour l'aventure, moi. Je préfère décrypter des documents venus des enfers et me coucher tôt.

– Ne restons pas ici, lança Pakkal.

– Je ne peux pas bouger.

Pak'Zil pointa sa cheville du doigt. Elle était emprisonnée dans ce qui ressemblait à des os assemblés en un triangle lié à d'autres petits os soudés. Cette succession de triangles formait une chaîne attachée à un tronc d'arbre. Pakkal se demanda s'il s'agissait d'os de Maya et se dit que, finalement, il ne désirait pas connaître la réponse.

– C'est aussi dur que de la roche, précisa le scribe.

– Coupons son pied, suggéra Kinam qui s'était avancé.

Pak'Zil crut à une blague, mais le chef de l'armée avait l'air tout à fait sérieux.

– Euh… je crois qu'il serait préférable de couper le tronc de l'arbre. Mon pied, je vais en avoir besoin.

Kinam regarda l'arbre.

– Le tronc, ce sera trop long. La cheville ne demandera que quelques instants.

Il dégaina son couteau à lame d'obsidienne. Pak'Zil en fut terrorisé.

— Je ne supporte pas de me faire enlever une écharde, je ne vois pas comment je pourrais survivre à une amputation.

— Nous allons trouver une autre solution, Kinam, fit Pakkal. Zipacnà pourrait casser l'arbre en deux sans problème.

— Ne me laissez pas seul ici ! le supplia le jeune scribe.

— Ne crains rien, je ne repartirai pas d'ici sans toi, le rassura le prince.

Il fit signe à un guerrier céleste de s'approcher et lui demanda d'aller quérir sans délai le géant à tête de crocodile.

Des airs surgirent de nombreux chauveyas. Sur le dos de l'un d'eux, Pakkal reconnut Buluc Chabtan, le dieu de la Mort subite. Il était accompagné du dieu chauve-souris, Cama Zotz, et d'une femme aux joues noircies par la putréfaction.

Buluc Chabtan se posa tout près de Pakkal. Kinam sortit son couteau alors que les guerriers célestes se mettaient en formation de combat.

Le prince eut un haut-le-cœur lorsque l'odeur de Buluc Chabtan parvint à ses narines.

— Content de me revoir, Chini'k Nabaaj ? lui demanda le démon. J'ai su que tu avais eu la chance de rencontrer les scorpions. D'ailleurs, ils s'en viennent pour nous prêter main-forte. Ils sont plus d'un million. Ils ne sont pas aussi inoffensifs que les chauveyas, comme tu l'as certainement remarqué. Si tu n'avais pas tué leur maître, Troxik, cela ne serait probablement pas arrivé. Ils sont devenus incontrôlables.

Voilà qui expliquait l'existence de ces puissantes bêtes dont Pakkal n'avait jamais entendu parler. Le prince s'abstint de répliquer à l'attaque du dieu de la Mort subite. Il savait que la tactique de ce dernier consistait à le rendre furieux pour l'obliger à se transformer en Chini'k Nabaaj.

– Qu'ils soient dix ou un million, cela m'importe peu, dit Pakkal. Jamais vous n'allez pouvoir vous emparer de Palenque.

– Ne crois pas qu'ils viendront tous ici. Ta misérable cité n'en mérite pas tant. On leur a ordonné de se disperser et de tout ravager sur leur passage. Ah oui, l'un d'eux est parvenu à t'arracher ma lance, n'est-ce pas? Tu avais découvert qu'elle seule pouvait tuer un seigneur de la Mort. Mais ne te fais pas d'illusions, elle n'a aucun effet sur moi ni sur mon très cher frère Ah Puch.

– Laissez-nous partir, lança Pakkal en regardant Pak'Zil.

Buluc Chabtan toucha la tête du jeune scribe.

– J'espère que tu ne comptes pas t'en aller avec lui. Il y aura bientôt une partie de *Pok-a-tok* entre ta mère et la très séduisante Ix Tab afin de déterminer laquelle des deux deviendra un seigneur de la Mort. Nous comptons utiliser la tête de ton ami comme balle.

– Ma tête?! s'écria Pak'Zil. C'était ma cheville, maintenant c'est ma tête! J'en ai aussi besoin!

Pakkal ouvrit la main pour lui faire signe de se calmer.

– Détachez mon ami, ordonna-t-il.

Buluc Chabtan s'esclaffa. Il passa sa langue sur ses dents pourries.

– Si nous n'avions pas réussi à capturer Hunahpù, il y a longtemps qu'il se serait élevé dans le ciel. Palenque serait déjà entre nos mains.

– Vous pouvez attaquer quand vous voulez, répliqua le prince. Nous sommes prêts.

– Nous vous réservons une surprise de taille, dit le dieu de la Mort subite.

Pakkal savait que, pour obtenir plus d'informations de Buluc Chabtan, il fallait le narguer.

– Toutes les raisons sont bonnes pour retarder l'attaque, n'est-ce pas? Vous ne vous attendiez jamais à ce que Troxik disparaisse et à ce que les guerriers célestes soient libérés. Vous vous êtes encore surestimés !

Cela eut l'effet escompté. Buluc Chabtan grogna.

– Votre monde est dépendant de Hunahpù. Imagine toutes les répercussions que cela pourrait avoir s'il n'apparaissait plus dans le ciel tous les matins…

Le prince savait que cela serait désastreux. Trois jours de pluie à peine et les récoltes étaient menacées. À ce moment, il fallait agir. On priait Hunahpù d'apparaître afin d'éviter la famine. La pluie était importante, mais on pouvait contrôler l'eau, d'une certaine manière, en creusant des canaux pour irriguer les sols. Les Mayas avaient compris que c'était le soleil qui donnait leur couleur et leur saveur aux légumes et aux fruits. Sans lui, les récoltes pourrissaient et devenaient donc impropres à la consommation. La famine, qui était pire que toutes les guerres, puisqu'elle ne s'attaquait pas qu'aux hommes, mais également aux femmes et aux enfants, guettait toutes les populations du Monde intermédiaire. Pakkal devait réagir.

– J'ai une proposition à vous faire, dit-il.

– Serais-tu finalement prêt à te rendre ?

– Je ne me rendrai jamais. Mais je suis prêt à affronter qui vous voulez au jeu de *Pok-a-tok*.

Si je gagne, vous libérerez Hunahpù et mon ami le scribe.

Buluc Chabtan fit un mouvement du bras en direction de Pak'Zil. Les os en forme de triangle qui enserraient sa cheville se disloquèrent. À quatre pattes, le scribe se hâta d'aller rejoindre Pakkal.

– Marché conclu, dit le seigneur de la Mort. Lorsque tu perdras, il te faudra t'incliner devant notre toute-puissance. Et tu devras me remettre la tête de ton ami que tu auras toi-même coupée.

Pak'Zil leva le doigt.

– Je vous rappelle que j'en ai vraiment besoin. Je ne blague pas.

Buluc Chabtan poursuivit:

– Et pour que ce soit encore plus intéressant, tu devras former une équipe, puisque tu affronteras Selekzin, qui meurt d'envie de t'humilier à ce jeu, et notre chère Ix Tab, une joueuse mesquine et impitoyable comme je les aime.

Ix Tab fut secouée d'un rire gras. Lorsque Pakkal la regarda, elle lui tira la langue. Cette dernière était percée et il sembla à l'adolescent voir des vers blancs à l'œuvre. Il tourna la tête de dégoût.

– Marché conclu, déclara-t-il à son tour en tendant la main à Buluc Chabtan.

Le dieu de la Mort subite regarda sa main et sourit.

– Tu es si naïf que c'en est touchant.

Il repoussa la main du prince et fit signe à Cama Zotz qu'il s'en allait. Le dieu chauve-souris ouvrit la gueule et poussa un cri très aigu. Les chauveyas s'envolèrent. Buluc Chabtan monta sur le dos de l'un d'eux et, avant de partir, dit à Pakkal :

– À compter de maintenant, prépare-toi à recevoir notre visite.

Il désigna Pak'Zil de sa torche de feu bleu.

– Je te conseille d'avoir le couteau le moins bien affûté possible sous la main. L'agonie sera ainsi plus longue.

Buluc Chabtan asséna un coup de poing sur la tête du chauveyas qui le portait tandis qu'Ix Tab s'agrippait aux épaules de Cama Zotz et que tous deux décollaient.

Pak'Zil se releva et mit son index sur sa tempe.

– C'est ma tête qui est mise à prix ! Je vais vous en vouloir pour le reste de ma vie si vous perdez !

– Je ne vais pas perdre, le rassura Pakkal qui songea que, effectivement, si défaite il y avait, la vie de Pak'Zil ne serait pas très longue.

Kinam remit son couteau dans son étui.

– La dernière fois que vous les avez affrontés, cela s'est mal terminé. Ils ne respectent aucune règle.

– Je suis au courant, répondit le prince.

Pakkal croyait sincèrement qu'il pouvait battre Selekzin et Ix Tab au jeu de balle, même s'ils trichaient. Il refusait de penser qu'il venait de signer l'arrêt de mort de Pak'Zil et, par ricochet, celle du Monde intermédiaire.

– Et qui va faire équipe avec vous? demanda Pak'Zil. Si vous avez pensé à moi, c'est non. Je suis catégorique.

Kinam fit signe aux guerriers célestes de retourner à Palenque. Pakkal passa un bras autour des épaules de Pak'Zil.

– Dis, mon cher ami, la gomme de *nic te'*, ça te dit quelque chose?

Pak'Zil savait ce qu'était la gomme de *nic te'* et, surtout, il savait où en trouver, l'ayant lu dans l'un des codex de Xibalbà.

En revenant vers la cité, les deux garçons croisèrent Zipacnà. Pakkal lui dit qu'il n'avait plus besoin de ses services.

– J'ai essayé de rebâtir le temple que j'ai détruit, annonça le géant.

– Bien, fit le prince.

– J'aimerais que vous veniez voir.

– Désolé, Zipacnà, je n'ai pas le temps.

– Je crois que je n'ai pas très bien réussi.

– D'accord, dit Pakkal. Prends-moi dans ta paume et emmène-moi.

Dès qu'ils arrivèrent à Palenque, Pak'Zil, Kinam et Tuzumab se dirigèrent vers le temple royal.

Pakkal, déjà sur les lieux de la reconstruction, observait un monticule de pierres.

– Alors? demanda Zipacnà.

– C'est… c'est nouveau.

– Nouveau?

– Oui, d'un point de vue architectural, c'est novateur.

En fait, le géant avait tenté de recréer le temple, mais il avait lamentablement échoué.

– Il ne restera qu'à construire un endroit où entrer dans le temple. Tu sais, une porte…

– Oui, fit Zipacnà. Je n'avais pas pensé à cela.

– Je dois retourner au temple royal. Bel essai, Zipacnà.

Le prince n'osa pas lui dire qu'un enfant (géant, il va sans dire) aurait pu faire mieux. Zipacnà était certes puissant, mais sa confiance en lui-même pouvait s'effriter aussi facilement qu'une feuille morte.

En revenant vers le temple royal, Pakkal eut l'impression qu'on l'épiait. Il lui sembla entendre des bruits de pas derrière lui. Il se retourna brusquement, mais ne vit rien. Il continua sa marche. Il n'avait pas la berlue, on le suivait. En se retournant, il vit une jambe se dissimuler prestement derrière un des temples.

– Holà! cria-t-il.

Le garçon entendit des bruits de pas de course et se lança aussitôt à la poursuite de l'espion. Même s'il n'y voyait presque rien, il savait que c'était un homme. Celui-ci courait rapidement, mais Pakkal réussit à le rattraper. Une fois à sa hauteur, le prince exécuta un bond pour le plaquer au sol, mais il ne parvint qu'à attraper une de ses jambes. L'homme se démena si bien que Pakkal resta avec une sandale entre les mains.

– Attrapez-le! cria-t-il aux deux guerriers célestes qui se trouvaient plus loin.

Les guerriers se placèrent devant l'homme, mais il parvint habilement à les contourner pour disparaître dans la nuit. Le prince observa la sandale. Elle était faite de cuir et n'avait rien de particulier. Bredouille, il retourna au temple.

Pak'Zil et Kalinox discutaient de la façon dont ils interprétaient certains glyphes dans les codex de Xibalbà. Tuzumab était assis sur le sol, le dos appuyé au mur. Il parlait à voix basse avec dame Kanal-Ikal, assise à ses côtés. Il sourit à Pakkal lorsqu'il le vit entrer.

L'apprenti scribe avait retrouvé en quelques coups d'œil l'information qu'il cherchait dans les codex de Xibalbà.

– Voilà, dit-il à Pakkal. La gomme de *nic te'* est constituée de la sève d'une fleur aux pétales noirs qui pousse…

– Où? demanda le prince, impatient.

– Si je n'avais pas ma tête, je ne pourrais pas interpréter ce document. Je vous dis ça comme ça, en passant…

– Je sais, répondit Pakkal. Ne t'inquiète pas, je vais tout faire pour que tu gardes ta précieuse tête.

– Merci. Donc, les fleurs aux pétales noirs poussent là où une grotte a émergé du sol.

– Une grotte? Quelle grotte?

– Je ne sais pas. C'est tout ce qui est écrit.

Kalinox suggéra:

– Je crois qu'il s'agit d'une de ces grottes que les créatures de Xibalbà utilisent pour passer dans notre monde.

– Oui! fit Pakkal. Pas loin d'ici, il y en a une.

Il se rappelait la première fois qu'il avait été en contact avec des habitants du Monde inférieur. Ce jour-là, Troxik s'était emparé du corps de Pak'Zil.

– C'est dans la Forêt rieuse. Avec un peu de chance, nous pourrons trouver ces fleurs en très peu de temps.

Pak'Zil avait continué de lire le codex.

– La gomme de *nic te'* peut être mâchée, mais en aucun cas avalée. On parle ici de Vucub-Caquiz, le père de Cabracàn et de Zipacnà, mais je n'arrive pas à comprendre le rapport qu'il a avec la gomme.

– Autre chose? lança le prince.

– Les grottes sortent toujours au même endroit dans le Monde intermédiaire. Il y aurait même une carte…

Pak'Zil regarda le codex. Kalinox lui glissa un plan sous les yeux.

– Oui, voilà. Ce sont les endroits où peuvent apparaître les grottes.

Pakkal observa la carte.

– Bon travail, dit-il. Il faut immédiatement aller cueillir la fleur.

– Prince Pakkal, fit Pak'Zil, je crois qu'il y a d'autres écrits sur ces fleurs. Vous devez me laisser quelques instants pour les analyser.

– Nous n'avons pas le temps. Je pars chercher de la gomme de *nic te'*. Qui vient avec moi?

Kinam fit un pas en avant.

– Je vous suis.

Munis de torches, Pakkal et Kinam parti-rent à la recherche de l'endroit où la première grotte avait émergé.

– Avec qui allez-vous faire équipe pour le *Pok-a-tok*? demanda le chef de l'armée lorsqu'ils entrèrent dans la Forêt rieuse.

– Je ne sais pas, répondit le prince qui avait les yeux rivés sur le sol. Je me demande si je pourrai les vaincre seul.

Kinam hésita avant de répondre.

– Je comprends, dit Pakkal. Vous ne m'en croyez pas capable, n'est-ce pas?

– Sauf tout le respect que je vous dois, non.

– J'apprécie votre franchise.

Le garçon songea qu'il aurait apprécié que Kinam soit aussi honnête avec lui quant à la disparition de son père. Cependant, il garda pour lui sa réflexion.

Le sol était tapissé de feuilles mortes, mais on ne voyait aucune fleur aux pétales noirs. Pourtant, Pakkal était sûr que c'était à cet endroit que la grotte était apparue.

Enfin, Kinam dit:

– Prince Pakkal, je crois que je viens d'en trouver une.

Pendant ce temps, dans le temple royal, Pak'Zil continuait à déchiffrer ce que l'on disait des *nic te'* dans les codex. Il leva la tête et s'exclama :

– Oh non !

Kalinox lui demanda :

– Qu'est-ce qui se passe ?

– Nous devons trouver Pakkal. Et vite. S'il coupe une seule de ces fleurs, il aura de sérieux problèmes.

La fleur était telle que les codex la décrivaient : complètement noire. Plusieurs délimitaient les contours de la grotte.

– Passez-moi votre couteau, dit Pakkal à Kinam.

Le chef de l'armée de Palenque dégaina son arme et la lui tendit.

– Cela n'aura jamais été aussi facile, dit le prince.

Délicatement, il entreprit de sectionner la tige de la fleur aux pétales noirs qui se trouvait à ses pieds, mais elle était plus résistante qu'elle ne le paraissait. Le couteau, même avec sa lame effilée, était inefficace. Pakkal rendit le couteau d'obsidienne à Kinam.

— Essayez. Je n'arrive à pas à la couper.

L'homme passa la lame de son arme sur son pouce. Il fit la grimace.

— Le couteau est très tranchant, pourtant.

À force de va-et-vient sur la tige, celle-ci finit par céder. Kinam tendit la fleur à son compagnon.

— Je ne ferais pas un bouquet avec ces fleurs-là.

— Retournons dans la cité, lança Pakkal.

Mais il se rendit compte qu'il pouvait à peine bouger les pieds ; ils étaient ancrés au sol. Il baissa la torche qu'il tenait à la main et vit que plusieurs tiges du *nic te'* s'étaient enroulées autour de ses jambes.

— Je suis coincé, fit Kinam.

— Moi aussi.

Pakkal laissa tomber sa torche et tenta d'arracher les tiges qui le retenaient prisonnier. Mais elles étaient si coriaces qu'elles lui coupaient les mains. Chaque fois que Kinam, avec son couteau à lame d'obsidienne, parvenait à en couper une, trois autres prenaient la relève.

– Ho! ho!... s'écria le prince.

Il s'aperçut que les fleurs le tiraient vers le sol. Il appliqua une force contraire avec ses jambes, mais rien n'y fit : il s'enfonçait. Il attrapa sa torche et l'approcha des fleurs. Lorsque la flamme les toucha, elles se retirèrent.

– Votre torche, dit Pakkal à Kinam. Prenez-la et approchez-la des fleurs.

Il avait trouvé le moyen de se libérer de des liens. Tout en essayant de ne pas se brûler, de peine et de misère, il fit fuir toutes les fleurs et alla aider le chef de l'armée. Le sol se mit alors à vibrer.

– Un tremblement de terre ? demanda Kinam.

– Non, fit le prince.

Il aurait pu reconnaître ce genre de vibrations entre toutes : au contraire des secousses d'un séisme, elles étaient régulières et très rapprochées.

– Il faut se dépêcher !

Pakkal et Kinam se sentirent soulevés. Le garçon avait vu juste : sous leurs pieds, une grotte menant au Monde inférieur avait émergé.

Lorsqu'il fut libéré, Kinam se jeta en bas du monticule créé par la grotte. Pakkal voulut l'imiter, mais des dizaines de fleurs avaient profité de son immobilité pour reprendre leur rôle de geôlières. Même s'il ignorait ce qui allait sortir de la grotte, il se prépara à une mauvaise surprise.

Voyant que Pakkal était coincé, Kinam voulut regrimper sur le monticule, mais le prince lui fit signe de s'arrêter.

– Non, cela ne nous mènera à rien. Restez au sol et veillez à ce que rien ne sorte de la grotte.

L'homme se plaça face à l'entrée de la grotte et dégaina son couteau d'obsidienne, prêt à se défendre en cas d'attaque. Il agita sa torche pour scruter l'intérieur de la cavité. L'ouverture de la grotte lui fit penser à la gueule d'un jaguar. Elle était entourée de stalagmites et de stalactites pointues aux bords tranchants. Kinam y fit entrer son bras qui tenait la torche. Il crut discerner, sur le col, des ossements humains. Il recula prestement lorsqu'il entendit au loin des aboiements.

Chaque fois que Pakkal réussissait à dégager une de ses jambes, l'autre était agrippée par des tiges. Il tomba sur les fesses. Les fleurs envahirent tout le bas de son corps et certaines grimpèrent sur sa poitrine. Les tiges le forcèrent à se coucher sur le dos. Ses bras étaient maintenant retenus au sol. Son cou devint à son tour captif des tiges. Pakkal avait du mal à respirer.

Kinam, s'attendant à voir apparaître des chiens furieux, fut atteint en plein visage par ce qui lui sembla être des griffes. Il eut l'impression que la peau de sa figure s'était déchirée.

En relevant la tête, prêt à répliquer, il constata que la bête était partie. L'accalmie fut de courte durée. La tête chargea de nouveau. Cette fois, Kinam vit qu'il s'agissait d'un hibou.

Il tendit le bras et réussit à parer l'attaque du hibou qui s'arrêta en plein vol, tout près de la pointe du couteau. Kinam en profita pour lui asséner un violent coup. Des plumes se détachèrent de son corps et se transformèrent sous les yeux de Kinam en d'autres hiboux. Ils étaient maintenant quatre.

Chaque fois qu'il tentait de se défendre, le chef de l'armée était attaqué du côté laissé sans protection. Il constata que les hiboux ne voulaient pas le tuer, mais plutôt l'entraîner dans la grotte.

Lorsqu'il comprit leur plan, Kinam essaya de fuir, mais les hiboux l'en empêchèrent. Puis, chacun leur tour, ils s'envolèrent et, à une vitesse fulgurante et tête baissée, ils foncèrent vers lui. Il reçut le premier hibou en pleine poitrine. Il en eut le souffle coupé et se plia en deux pour se protéger. Il laissa tomber sa torche qui s'éteignit.

Le second attaqua ses genoux. L'autre, sa tête. À chaque agression, il reculait, de sorte qu'il se retrouva dans la caverne. La dernière agression, un coup de tête dans le ventre, le priva d'air pendant quelques secondes. Il se laissa choir sur le sol rocailleux.

Kinam crut que les hiboux allaient en profiter pour lui faire un mauvais parti, mais il les vit plutôt s'engouffrer dans la grotte aussi rapidement qu'ils en étaient sortis. Sonné, il n'entendait plus que les aboiements. Comme dans un voyage astral, il se voyait dévoré par des chiens. Il songea à une histoire que l'on racontait au sujet de ces animaux. Un jour, ils étaient vos meilleurs amis; le lendemain, sans crier gare, ils devenaient des assassins. Et l'on citait en exemple ce vagabond qui avait été mangé par son chien.

Il se dit qu'il devait absolument se relever et fuir, mais il n'en avait pas la force.

L'homme ouvrit les yeux. Deux stalactites pendaient au-dessus de sa tête. S'il parvenait à les attraper, elles pourraient lui servir d'appui.

Des morceaux de pierre se détachèrent de la grotte et atterrirent sur son visage. Sentant le sol vibrer, Kinam comprit que la grotte se refermait. S'il n'en sortait pas, elle n'allait faire qu'une bouchée de lui, et les deux stalactites qui se trouvaient au-dessus de lui l'empaleraient.

•✦•

Kinam eut la vive impression que sa dernière heure était arrivée. Le corps trop endolori pour bouger, il espéra qu'il n'allait pas trop souffrir.

Il entendit un cri de colère fort et énergique. Ne sachant si cela provenait de l'intérieur ou de l'extérieur de la grotte, il dirigea plutôt son attention vers les deux stalactites qui n'allaient pas tarder à s'enfoncer dans sa chair. Ce fut alors qu'on lui agrippa les chevilles et qu'on le tira à l'extérieur.

Le chef de l'armée de Palenque releva la tête. Il lui sembla voir Pakkal asséner des coups à la grotte qui se refermait. Puis, comme s'il s'agissait d'une bouche, elle se rouvrit. Le prince s'y engouffra.

Prisonnier des *nic te'*, ayant de plus en plus de mal à respirer, Pakkal avait senti qu'il se transformait en Chini'k Nabaaj. Il l'avait laissé venir, puisqu'il avait besoin de sa puissance. Les fleurs n'avaient pas résisté à sa force. Puis, lorsqu'il avait vu que Kinam se trouvait dans une position précaire, il s'était élancé vers la grotte pour le tirer de ce mauvais pas.

Mais ce n'était pas assez pour Chini'k Nabaaj. Il voulait davantage. Il voulait anéantir la grotte. Il voulait, de ses mains, la pulvériser. Il s'était alors mis à lui donner des coups. Ses poings faisaient exploser la roche.

La grotte s'était ouverte de nouveau. Dès que l'ouverture avait été assez grande, Chini'k Nabaaj s'y était glissé et avait laissé la gueule de pierre se refermer sur lui.

Malgré l'obscurité la plus complète, il y voyait comme s'il faisait jour. Sur le sol gisaient de nombreux ossements, dont des crânes d'animaux et de Mayas. Il en prit un dans sa main. La mâchoire du crâne s'articula.

– Ne reste pas ici, dit le crâne. Ton heure n'est pas encore venue.

Certains crânes poussèrent des cris d'animaux, d'autres lui conseillèrent de s'enfuir. Chini'k Nabaaj lança le crâne qu'il tenait à la main le plus loin possible. Dans ces lieux étouffants et humides, il se sentait bien, beaucoup mieux que lorsqu'il était dans le Monde intermédiaire. Une sourde colère grondait encore en lui, mais elle semblait en harmonie avec l'environnement.

Pendant sa progression, les crânes de Mayas lui répétèrent de reculer avant qu'il ne fût trop tard. Chini'k Nabaaj tenta de les ignorer, mais s'énerva et leur envoya des coups de pied pour les faire disparaître de sa vue.

Plus il s'enfonçait dans la grotte, plus une odeur de chair en putréfaction se faisait omniprésente. Chini'k Nabaaj aimait s'en emplir les poumons. Cela lui éclaircissait les idées. Il avait l'impression de revenir à la maison après un très long voyage.

Il vit des dizaines de Mayas qui faisaient la queue afin de pouvoir parler à un petit être, un lilliterreux, assis sur une énorme pierre rectangulaire. Il se plaça dans la file. Devant lui se tenait un Maya qui avait le ventre ouvert et dont le bras droit avait été arraché. Il se retourna :

— Un jaguar, dit-il en montrant son ventre du doigt. Il ne m'a laissé aucune chance. Je n'ai pas souffert. En tout cas, je ne m'en souviens pas. C'est le plus important, non ?

Il pointa alors une jeune femme du doigt.

— Elle, elle est morte en couches. Et l'autre, en avant d'elle, s'est noyée. Toi ?

Chini'k Nabaaj ne répondit pas.

— Tu n'es pas loquace. Tu as hâte de te retrouver là-bas ? Je veux dire, à Xibalbà ?

Le double de Pakkal resta de marbre.

— J'ai déjà eu peur du Monde inférieur, mais, franchement, ça ne peut pas être pire que ce que je vivais là-haut. Même s'il faut que je creuse des trous le reste de mon existence, je serai bien content de ne plus jamais remettre les pieds là-bas. Tu sais si on a encore faim ou soif? Je me suis toujours posé la question.

Voyant que Chini'k Nabaaj l'ignorait, il décida de se taire.

Une fois qu'ils avaient parlé au lilliterreux, les gens empruntaient un long corridor et descendaient des escaliers.

Vint le tour de Chini'k Nabaaj. Le lilliterreux lui demanda:

— Comment êtes-vous mort?

— Je ne suis pas mort.

La petite créature regarda Chini'k Nabaaj et sourit.

— Je suis désolé de vous annoncer que, si vous êtes ici, c'est que vous êtes mort, mais de vieillesse, c'est évident.

Le lilliterreux observa le corps de son vis-à-vis.

— Je ne vois pas de blessure mortelle. Peut-être êtes-vous tombé sur la tête. Mais votre peau est particulière. Et il vous manque des morceaux de chair, non? Vous êtes décédé, c'est évident. Et depuis longtemps.

— Je ne suis pas mort, grogna encore Chini'k Nabaaj.

– Certaines personnes arrivent ici et nient leur mort. Vous accepterez un jour votre décès.

– Je ne suis pas mort! répéta Chini'k Nabaaj en criant.

Il asséna un coup de poing sur la pierre rectangulaire. Il parvint à la fissurer.

Le lilliterreux sauta sur le sol et attrapa une clochette qu'il fit tinter.

– Je n'ai pas à accepter vos sautes d'humeur et votre agressivité, dit-il, offensé.

Quelques instants plus tard apparurent deux chauveyas. Ils tentèrent d'attraper Chini'k Nabaaj, mais ce dernier se défendit. Il envoya valser le premier sur le mur de roche et donna un coup de poing sur le menton du second.

Le lilliterreux, apeuré, sonna la cloche plus vigoureusement. D'autres chauveyas atterrirent devant Chini'k Nabaaj. Comme ils étaient beaucoup trop nombreux, il décida de tourner les talons et de fuir.

Lorsqu'il passa à côté d'eux, les crânes répétèrent qu'il aurait dû les écouter. Le garçon tourna la tête pour s'apercevoir que les chauveyas le pourchassaient. Il arracha au passage une stalagmite, s'arrêta et s'en servit pour frapper les soldats de Xibalbà qui constituaient la première ligne de front.

Il lui semblait que le corridor était infini. Il aurait dû atteindre la sortie depuis longtemps. Un chauveyas agrippa son épaule. Chini'k Nabaaj se retourna et lui mordit la patte. Il s'arrêta, prit le bras de son assaillant, fit un tour sur lui-même et le projeta sur les autres chauves-souris géantes. Puis, il poursuivit sa course.

— Tu cours pour rien, scandaient les crânes.

Voyant qu'ils avaient raison, que ses pas ne le menaient nulle part, le double de Pakkal stoppa brusquement et poussa un cri d'exaspération. Les chauveyas qui le poursuivaient atterrirent à côté de lui. Il y en avait tant qu'il était impossible d'en estimer le nombre.

Alors qu'il allait les attaquer, Chini'k Nabaaj fut interrompu dans son élan par une voix derrière lui.

— Heureux de constater que tu te rapproches de plus en plus.

Chini'k Nabaaj se retourna. Vucub-Caquiz, le père de Cabracàn et de Zipacnà, le toisait.

— Laissez-moi partir.

— Pour aller où? demanda l'affreux oiseau. Un seul endroit est prêt à t'accueillir et c'est ici.

Le double de Pakkal fit un pas vers lui.

— Tu crois que m'attaquer servira à quelque chose? fit Vucub-Caquiz. Tôt ou tard, tu devras te résoudre à accepter la vérité.

Chini'k Nabaaj serra les mâchoires. Bien qu'il fût cerné, il ne ressentait aucune peur. Il désirait seulement quitter cet endroit, même s'il s'y sentait bien. Dans son for intérieur, il savait qu'il devait partir. Un séjour prolongé pourrait s'avérer fatal à K'inich Janaab.

Il sentit la hargne monter en lui.

— Je te rappelle que tu es entré ici de ton plein gré, dit le seigneur de la Mort. Personne ne t'y a obligé.

Chini'k Nabaaj hurla :

— Laissez-moi sortir !

Puis, il se retourna et attrapa un chauveyas. Il le malmena tellement que, lorsqu'il le relâcha, le soldat de Xibalbà n'était plus qu'un corps sans vie.

— Que veux-tu donc prouver ? lui demanda Vucub-Caquiz. Que tu mérites ta place dans le Monde inférieur ? Nous le savons déjà.

Chini'k Nabaaj s'avança vers lui, le regard menaçant. Sans crier gare, il lui asséna un coup de poing en pleine poitrine. Le père des géants fut projeté loin derrière et atterrit sur le dos. Les chauveyas se portèrent à la défense de leur allié. Les uns après les autres, ils goûtèrent à la médecine impitoyable de Chini'k Nabaaj.

— C'est assez !

Vucub-Caquiz s'était relevé et son ordre, émis avec tant de conviction, avait stoppé net la bataille que se livraient Chini'k Nabaaj et les chauveyas. Furieux, il déploya ses ailes. Les chauves-souris géantes, affolées, déguerpirent.

– Tu ne veux pas comprendre, tonnat-il. Alors, je vais te montrer à quel point, sans Chini'k Nabaaj, K'inich Janaab est inoffensif.

Alors que le garçon s'approchait, Vucub-Caquiz se mit à battre des ailes. Le courant d'air qui en résulta immobilisa Chini'k Nabaaj. Celui-ci parvenait, toutefois, à ne pas reculer. Mais il constata rapidement qu'il était de moins en moins en colère et que ce sentiment faisait place à de la peur. Chini'k Nabaaj craignait maintenant de ne pas être capable de résister au tourbillon d'air que générait Vucub-Caquiz. Il savait qu'il était dans le Monde inférieur et qu'il était menacé. Ces lieux qui, un instant auparavant, le sécurisaient, à présent le terrorisaient.

Sous l'effet du vent, des lambeaux de chair, soufflé par le vent, se détachaient de son corps et laissaient place à la peau saine de K'inich Janaab.

Lorsque Vucub-Caquiz replia ses ailes et que le vent cessa, Pakkal se jeta au sol. Il avait perdu toute la force dont Chini'k Nabaaj était doté. Il était épuisé. Et il avait peur.

– Voilà ce que tu es sans ton Hunab Ku, dit Vucub-Caquiz en s'approchant de sa proie. Je pourrais t'écraser comme une vulgaire blatte.

Il donna un coup de patte à Pakkal qui roula sur le dos. Puis il posa l'une de ses serres sur son cou. Ses griffes s'enfoncèrent dans la peau du prince.

– Alors, que vas-tu faire maintenant ? Montre-moi que tu es aussi puissant que Chini'k Nabaaj. Montre-moi tes pouvoirs. Montre-moi ce qu'un prince à six orteils peut faire à Xibalbà sans son Hunab Ku.

Vucub-Caquiz appuya davantage sur le cou de Pakkal.

– Allez ! Montre-moi ta force !

– Relâche-le !

Vucub-Caquiz se retourna. Un homme était debout derrière lui, les mains sur les hanches. Il n'avait aucune arme.

– Qui es-tu ?

L'homme s'avança. Le seigneur de la Mort le reconnut.

– Tu es Tuzumab, le père du grand K'inich Janaab.

– Oui, et je t'ordonne de relâcher mon fils.

– Vraiment ? demanda Vucub-Caquiz en contractant ses serres.

Pakkal émit un couinement. Il avait l'impression de tomber dans un trou sans fond. Plus aucun de ses sens ne répondait.

Tuzumab leva les bras et dit:

– Je vois… je vois des blattes géantes. Elles sont affamées. Je crois que tu vas aimer.

– Qu'est-ce que tu racontes? demanda Vucub-Caquiz.

Il y eut des bruits aigus derrière Tuzumab. Puis passèrent à ses côtés des blattes aussi hautes que ses hanches. Elles se ruèrent sur Vucub-Caquiz qui lâcha sa propre proie. Il ouvrit ses ailes et tenta de les repousser avec la rafale qu'il créa, mais les bestioles continuèrent à avancer. Elles surgissaient de partout. Certaines d'entre elles s'aventurèrent jusqu'à grimper sur le corps du seigneur de la Mort.

Pendant que les insectes géants se chargeaient de mettre Vucub-Caquiz hors d'état de nuire, Tuzumab alla à la rescousse de son fils.

– Ça va? lui demanda-t-il en l'aidant à se relever.

Pakkal avait manifestement perdu connaissance car, un instant, il voyait Vucub-Caquiz qui essayait de l'étrangler et, celui d'après, son père qui lui prêtait assistance. Il porta la main à son cou. Les griffes de Vucub-Caquiz avaient pénétré sa chair assez profondément pour y laisser des marques.

– Oui, je vais mieux. Que fais-tu ici?

– Je t'expliquerai plus tard. Partons avant que l'alerte générale ne soit donnée.

Pakkal aperçut une blatte géante qui venait dans sa direction. Il eut le réflexe de s'arrêter.

– Nom d'Itzamnà, qu'est-ce que c'est que ça?

Tuzumab le tira pour l'inciter à continuer à courir.

– N'aie crainte, c'est un ami.

– Un ami?

Effectivement, la blatte continua son chemin sans les inquiéter. Ils arrivèrent à un cul-de-sac.

– Recule, dit Tuzumab. Lorsque tu verras la porte, lance-toi dedans.

– La porte? s'étonna Pakkal. Il n'y a pas de porte!

– Je vois… je vois une porte qui mène au Monde intermédiaire.

Le prince vit, effectivement, une porte apparaître. Elle semblait donner sur la Forêt rieuse. Un hurlement rappela à l'adolescent qu'il ne pouvait se permettre de s'interroger longtemps sur le don de Tuzumab. Vucub-Caquiz, les ailes ouvertes, déchaîné, fondait sur eux, ses deux serres prêtes à les transpercer.

– Fonce!

Pakkal écouta son père et s'élança vers la porte.

Kinam avait vu la grotte s'enfoncer dans le sol sans qu'il pût faire quoi que ce fût pour l'en empêcher. Le prince y était prisonnier et le chef de l'armée ignorait comment le secourir.

Peu après, Pak'Zil, Tuzumab et quelques guerriers célestes apparurent.

– Où est le prince? demanda le jeune scribe.

Kinam pointa le doigt vers le sol. Il expliqua ce qui s'était produit: la grotte émergeant, les hiboux l'attaquant, Pakkal le sauvant.

– Une grotte est sortie de la terre et le prince y est entré. Puis elle est retournée d'où elle venait.

– Zut! fit Pak'Zil. Nous sommes arrivés trop tard.

Il s'approcha des *nic te'*. Kinam l'empêcha de les piétiner.

– Attention, elles sont envahissantes.

– Je sais, dit le scribe. Je l'ai lu dans un des codex de Xibalbà. Si vous aviez attendu un peu, j'aurais pu vous avertir du danger qui vous guettait. Que doit-on faire, maintenant?

Tuzumab s'avança.

– Je vais aller le chercher.

Kinam regarda Pak'Zil et lui fit discrète-
ment signe de ne pas prêter attention à ce
qu'il disait. Mais le garçon était intrigué.

– Comment avez-vous l'intention de vous
introduire dans la grotte s'il n'y a pas d'entrée?

– Eh bien, je vais en créer une!

Kinam intervint:

– Non, ce n'est pas une bonne idée.

– Pourquoi donc? demanda Tuzumab,
insulté.

Le chef de l'armée tenta de peser chacun
de ses mots afin de ne pas offusquer son ancien
ami.

– Tu as été chassé de la cité parce que tu étais
fou. Et je vois que tu n'es pas encore guéri.

Kinam se dit que, s'il avait voulu user de
tact, c'était complètement raté. Jamais il ne
pourrait agir en tant que diplomate.

Tuzumab ne releva pas son commentaire.
Il se retourna et dit:

– Je vois une porte qui mène à Xibalbà.

– Tuzumab…, fit Kinam, ne peux-tu pas
essayer de te contrôler?

– Que se passe-t-il? lança Pak'Zil.

D'un geste, Kinam lui enjoignit de ne pas
insister. Alors que le chef de l'armée de
Palenque tentait de trouver une solution
l'apprenti scribe vit Tuzumab disparaître
complètement.

– Où est-il ?! demanda-t-il.

Kinam s'avança jusqu'à l'endroit où Tuzumab avait disparu.

– Il doit forcément être *quelque part*, déclara-t-il en regardant s'il n'était pas tombé dans un trou qu'il n'aurait pas vu.

– Ce n'est pas lui qui est fou, souffla Pak'Zil, c'est nous !

Ils abandonnèrent les recherches rapidement. Tuzumab avait bel et bien disparu. Alors que le groupe, interloqué, s'apprêtait à quitter les lieux, Kinam vit Pakkal émerger de nulle part. Le prince se retourna et attendit. Mais il ne se passa rien.

– Où étiez-vous ? l'interrogea Pak'Zil.

– Dans le Monde inférieur. Mon père est venu me chercher.

Le jeune scribe jeta un regard à Kinam qui affichait un air sceptique.

– Nous avons été attaqués par Vucub-Caquiz. Ça commence à être inquiétant… Mon père devrait être revenu depuis un moment. Il me suivait.

Le chef de l'armée posa sa main sur l'épaule du prince.

– Nous devons rentrer à Palenque, affirma-t-il. Xibalbà pourrait même déjà y être.

Pakkal se retourna.

– Mon père n'est pas fou, lui dit-il.

– Peut-être, répondit Kinam.

– Non, il n'est pas fou. Il voit des choses que les habitants du Monde intermédiaire ne voient pas. Mais ces choses existent vraiment.

Le garçon tourna la tête vers l'endroit d'où il avait émergé. Il s'inquiétait sérieusement pour son père. Mais il n'y avait aucun moyen pour lui de retourner dans la grotte.

– Nous devons aller à Palenque, insista Kinam.

Sans détacher son regard de la porte imaginaire, Pakkal se mit en marche. Les guerriers célestes le suivirent.

– Les fleurs? demanda Pak'Zil. Vous en avez?

Kinam en avait glissé entre son corps et sa ceinture. Il en avait trois.

– Je crois que ce sera suffisant, fit le scribe.

Le prince était tourmenté. Il craignait que son père n'eût été victime de la fureur de Vucub-Caquiz. Il en voulait aussi à Kinam qui ne semblait montrer aucune forme de sympathie à l'égard de son père. Pak'Zil remarqua qu'il était troublé.

– Lorsqu'il sortira du Monde inférieur, il saura où nous trouver.

– Je sais, fit Pakkal.

Il avait maintenant la preuve que son *taat* n'était pas cinglé comme le prétendaient, entre autres, sa mère et Kinam. Tuzumab était différent et il avait un don, celui de pouvoir concrétiser ce qu'il voyait dans son imagination. Mais les personnes qui se trouvaient avec lui ne pouvaient le voir que si elles étaient dans le Monde inférieur. Voilà pourquoi on pouvait croire qu'il était timbré.

Dès qu'ils arrivèrent dans la cité, ils se dirigèrent tous vers le temple royal. Pak'Zil se mit immédiatement à l'œuvre. Il prit un creuset et mit les fleurs noires dedans. Avec ses doigts, il entreprit de les broyer. Mais elles étaient coriaces. Il emprunta le couteau d'obsidienne de Kinam et, avec le manche et au prix de grands efforts, il parvint à faire une pâte. Une agréable odeur vint lui chatouiller les narines.

– Hum, ça sent bon.

Sa bouche se remplit de salive à l'idée de goûter aux fleurs noires. Cela lui faisait penser à l'odeur du *ka-ka-wa*, mais en plus sucré encore. Cependant, il était clairement écrit, dans les codex, qu'en aucun temps on ne devait avaler la gomme de *nic te'*. On y mentionnait aussi Cabracàn et Zipacnà, mais Pak'Zil n'avait pas encore pu établir de lien entre cette fleur et les géants.

Enfin, les fleurs noires, à force d'être broyées, devinrent assez dures pour que l'on pût considérer la pâte comme une gomme. Le jeune scribe la coupa en deux et en cacha la moitié sous sa tunique.

– Voilà, dit-il. Ne reste plus qu'à trouver un moyen pour convaincre la princesse de mâchouiller cela.

Pakkal regardait par la fenêtre, espérant voir son père sortir de la Forêt rieuse.

– Elle doit également embrasser Selekzin, répondit-il sans quitter la forêt des yeux. Ce ne sera pas chose facile.

Pak'Zil lui remit la gomme.

– En aucun cas, elle ne doit l'avaler, d'accord? En aucun cas.

Le prince fit oui de la tête. Puis un bruit provenant de l'extérieur attira son attention. Quelqu'un s'approchait, accompagné de deux guerriers célestes. Il faisait cependant trop noir pour qu'il pût voir de qui il s'agissait.

• ✸ •

Lorsque l'homme qui désirait rencontrer Pakkal fit son entrée dans la pièce principale du temple royal, dame Kanal-Ikal étouffa un cri.

– Que fait-il ici? lança-t-elle.

C'était Serpent-Boucle, le roi de Calakmul.

La vieille dame s'approcha de lui avec un air de défi.

– Comment osez-vous mettre les pieds dans notre cité?

Serpent-Boucle avait la mine basse. Il était difficile de croire qu'il était reconnu pour son attitude hautaine et son assurance à toute épreuve.

Pakkal craignait que sa grand-mère n'explosât. Une fois, elle lui avait fait une scène terrible. Il allait s'en souvenir le reste de sa vie. En se concentrant, il pouvait encore ressentir les secousses qu'avait provoquées la colère de dame Kanal-Ikal. Vraiment, il n'aurait jamais dû mettre un serpent dans son coffret à bijoux. Il ne pouvait pas deviner qu'elle allait tenter de le mettre à son cou.

– Sachez que mon mari vous aurait battu au *Pok-a-tok* si vos soldats ne l'avaient pas roué de coups avant le match, poursuivit-elle. Vous avez triché.

Pakkal ignorait ce fait. Il avait toujours pensé que cette fameuse partie de jeu de balle avait été remportée de manière honorable par Serpent-Boucle.

– Comment vouliez-vous qu'il se défende avec un bras cassé? demanda dame Kanal-Ikal. Et son genou droit? Il n'a pas été bousillé par une force obscure. J'ai vu un de vos soldats lui asséner des coups de lance.

Des larmes coulaient sur les joues de la vieille femme. Le prince ne l'avait jamais vue pleurer. Quelquefois, il l'avait surprise les yeux rougis. Elle redressait alors le dos et niait fermement avoir pleuré. Pakkal était peiné de la voir si vulnérable. Il savait que la présence de Serpent-Boucle allait la troubler. Mais il n'aurait jamais pu imaginer que ce serait à ce point.

Dame Kanal-Ikal essuya avec dignité les larmes qui inondaient ses joues et dit :

— Si vous aviez été honnête, aujourd'hui, mon mari serait encore à la tête de Palenque. Et ce serait votre femme qui devrait endurer la torture de ne plus avoir à ses côtés l'homme de sa vie.

Kalinox tendit les bras à dame Kanal-Ikal pour la réconforter. Elle alla s'y jeter. Comme si c'était le signal qu'elle attendait, elle laissa libre cours à ses sanglots. Le vieux scribe la conduisit le plus loin possible de la source de sa peine.

Le *Pok-a-tok*, même si c'était un jeu, était régi par des règles très strictes. La tricherie était impensable, surtout lorsque les joueurs devaient défendre l'honneur de leur cité. Les rois respectaient tous les règlements. Dans le cas contraire, le jour de leur mort, ils ne pourraient entreprendre le voyage les menant au Monde supérieur et devenir des dieux. C'était une des premières choses que Xantac, le maître de Pakkal, lui avait apprises. Le prince n'arrivait pas à croire que Serpent-Boucle avait pu enfreindre les règles pour gagner. C'était indigne d'un roi de cette envergure.

Il se rappela le sourire que son grand-père lui avait adressé lorsqu'il avait fait son entrée en boitant sur le terrain de *Pok-a-tok*. Ce sourire, Pakkal l'avait toujours trouvé étrange. Même s'il était très jeune, il avait senti qu'il signifiait quelque chose. L'adolescent comprenait maintenant : c'était le sourire d'un homme qui se savait battu d'avance.

– Serpent-Boucle, commença Pakkal, est-ce que dame Kanal-Ikal dit vrai ? Avez-vous maltraité mon grand-père, le grand Ohl Mat, pour vous avantager lors de la partie de *Pok-a-tok* ?

Le roi de Calakmul redressa la tête.

– Prince Pakkal, je n'ai pas ordonné à mes soldats de battre votre grand-père. Il s'agit d'une malheureuse initiative que j'ai sévèrement sanctionnée par la suite. Je crois au franc-jeu.

– Alors, pourquoi ne pas avoir annulé la partie ? Vous saviez qu'il avait été maltraité.

– Oui, je le savais. Mais votre grand-père était un homme fier. Il n'a pas voulu reporter la partie.

Pakkal doutait de l'honnêteté de Serpent-Boucle. Il ne savait plus s'il devait lui faire confiance ou non.

– Je vous prie de me croire, prince Pakkal.

Serpent-Boucle regardait le prince de Palenque droit dans les yeux. Il avait l'air sincère. Le regard de Pakkal glissa vers les pieds du roi. Il lui manquait une sandale. Le garçon retira celle qu'il avait conservée entre son corps et sa ceinture.

– Je crois qu'elle vous appartient, dit-il.

– Effectivement. Vous avez failli me mettre la main dessus un peu plus tôt. Votre vitesse, pour votre âge, est impressionnante.

– Je pourrais dire la même chose de la vôtre, répondit Pakkal en lui tendant la sandale.

Serpent-Boucle se pencha et glissa son pied dans la sandale. Il fit une pause, puis s'agenouilla devant Pakkal.

– Prince Pakkal, fit-il, la tête penchée, je vous assure ma loyauté. Les relations entre nos cités n'ont jamais été harmonieuses, et je constate que j'ai été la source de bien des malheurs. Je m'en excuse. Mais le passé ne peut être modifié et je ne peux rien faire pour réparer les torts que j'ai causés.

Pakkal était mal à l'aise. C'était la première fois que l'on s'inclinait devant lui avec une telle humilité.

– Relevez-vous, Serpent-Boucle.

Le roi de Calakmul obéit.

– Je veux me joindre à vous afin de combattre les forces du Monde inférieur, déclara Serpent-Boucle. Il est maintenant temps de cesser de ne penser qu'aux intérêts de nos cités respectives. Les membres de Xibalbà sont puissants, et j'ai réalisé qu'il n'y a qu'ensemble que nous réussirons à les empêcher d'anéantir la Quatrième Création.

Un soldat entra en trombe. Il fit signe à Kinam qu'il voulait lui parler.

Serpent-Boucle tendit le bras.

– Faisons alliance.

Toute méfiance chez Pakkal avait disparu. Serpent-Boucle l'avait convaincu. Le prince empoigna l'avant-bras du roi de Calakmul.

– Faisons alliance, répéta-t-il.

Kinam interrompit le prince et demanda à lui parler en privé.

– Ils sont arrivés, dit le chef de l'armée que Pakkal voyait inquiet pour la première fois de sa vie.

– Qui? demanda le prince.

– Les représentants de Xibalbà. Je crois qu'ils sont prêts à vous affronter au *Pok-a-tok*.

Après une hésitation, il demanda:

– Avec qui allez-vous jouer? Sauf votre respect, il est déraisonnable de penser que, seul, vous allez pouvoir les battre. Il vaut mieux reporter la partie.

Pakkal fit une pause. Il se tourna vers Serpent-Boucle, puis regarda Kinam.

– Ne vous inquiétez pas, rétorqua-t-il, j'ai trouvé la solution à mon problème.

• ❂ •

Alors que le prince descendait les marches du temple royal, Pak'Zil l'intercepta.

– Lorsque vous serez sur le terrain de jeu, ayez une petite pensée pour ma tête.

– Ne t'inquiète pas, le rassura Pakkal. Entre-temps, trouve la princesse Laya et fais-lui mâcher la gomme de *nic te'*. Elle doit ensuite embrasser Selekzin.

– Comment dois-je faire si elle ne veut pas?

– Elle va vouloir.

Lorsqu'il mit le pied sur la dernière marche, Pakkal se sentit tout à coup submergé par une vague d'appréhension. Ses mains se mirent à trembler et sa respiration devint saccadée. Il venait de réaliser toute l'importance du match qu'il allait livrer. Pour son ami Pak'Zil, certes, mais également pour l'avenir de la Quatrième Création. Tout reposait maintenant sur ses épaules. Selekzin était un très bon joueur de *Pok-a-tok*. Mais sa transformation, résultat d'un séjour dans le Monde inférieur, lui avait permis d'acquérir de nouveaux pouvoirs. C'était en outre un tricheur notoire. Quant à Ix Tab, la déesse du Suicide, le prince ne la connaissait aucunement. C'était un mystère total.

Le *Pok-a-tok* était un jeu où la stratégie était très importante, mais il arrivait parfois que, même si quelqu'un jouait parfaitement, la chance ne lui souriait pas. Parfois, le hasard faisait perdre un joueur qui aurait dû gagner. Pakkal n'avait aucun contrôle sur cette dimension de la partie.

Pris d'un léger vertige, il dut s'asseoir sur une marche.

– Vous allez bien, prince Pakkal ? demanda Kinam.

Le garçon voulut répondre par l'affirmative parce qu'on lui avait appris qu'un futur roi, devant ses sujets, ne devait jamais montrer des signes de faiblesse afin de ne pas les inquiéter. Mais il dit :

– Non, ça ne va pas.

– Que se passe-t-il ?

– J'ai peur.

Kinam se tut. Il ne savait que faire.

Sur ces entrefaites, Serpent-Boucle entreprit de descendre les marches du palais royal. Lorsqu'il vit le prince assis sur les marches, tremblant et le regard livide, il demanda si quelque chose n'allait pas.

– Il a peur, répondit Kinam.

Pakkal n'avait eu d'autre choix que de demander à Serpent-Boucle de faire équipe avec lui pour affronter Selekzin et Ix Tab. C'était un choix osé, très osé même, mais le seul qui fût logique s'il désirait avoir une chance de remporter la partie de *Pok-a-tok*. Serpent-Boucle était un excellent joueur qui avait, de plus, de nombreuses années d'expérience. C'était le choix le plus judicieux et le plus insensé à la fois. Faire équipe avec le roi de Calakmul était impensable. Pourtant, c'était ce que Pakkal s'apprêtait à faire.

Serpent-Boucle avait souri lorsque le prince lui avait demandé de l'aider. Il avait répondu que ce serait pour lui un honneur. Lorsque Pakkal s'était retourné vers Kinam, il avait vu que son choix choquait le chef de l'armée. Mais Kinam n'avait osé rien dire parce qu'il savait que c'était la seule chance de Pakkal de remporter la partie.

Serpent-Boucle s'assit aux côtés du prince.

– Ça va aller? murmura-t-il.

Pakkal fit non de la tête.

– De quoi avez-vous peur?

– De tout, parvint à articuler le garçon, maintenant parcouru de frissons.

Il se rappela ce que Xantac lui avait dit au sujet de la peur. C'était souvent l'obstacle qui empêchait les adultes de réaliser de grandes choses. Il fallait non pas la combattre, mais l'accepter. Cependant, elle avait tendance à prendre toute la place. On devait parvenir à la reléguer dans un coin de son esprit et à la traiter comme un animal sauvage, c'est-à-dire avec respect mais aussi avec beaucoup de prudence. Pakkal ignorait complètement comment lui laisser moins de place. C'était lui qui avait suggéré un match de *Pok-a-tok* à Buluc Chabtan afin de rendre la liberté à Hunahpù et à Pak'Zil. Il entrevoyait maintenant la folie d'un tel pacte.

– Vous devez premièrement contrôler votre respiration, déclara tranquillement Serpent-Boucle. C'est elle qui détermine tout.

Mais le prince n'arrivait pas à ralentir le rythme de sa respiration.

— Pakkal, dit Serpent-Boucle en posant sa main sur un genou du prince, regardez-moi.

Pakkal leva les yeux.

— Je suis étourdi, répondit-il, la bouche sèche.

— Vous êtes maître de votre corps. Vous devez prendre de profondes inspirations. Et vous devez ensuite vider votre corps de tout son air.

Serpent-Boucle inspira et expira profondément à plusieurs reprises. Pakkal l'imita et se sentit mieux. Voyant que le prince de Palenque avait repris le contrôle de son corps et de son esprit, Serpent-Boucle poursuivit :

— Vous devez uniquement vous concentrer sur la partie que nous allons disputer. Plus rien ne doit exister, pas même les conséquences d'une victoire ou d'une défaite. Ce sont elles qui pourraient vous faire perdre. Trop de confiance en soi est mauvais. Trop d'anxiété l'est tout autant. Croyez-vous être capable de remporter cette partie ? Pour ma part, la réponse est oui.

— Oui, affirma Pakkal. Je m'en crois capable.

— Parfait. Comment vous sentez-vous à présent ?

Le garçon n'avait plus froid et sa bouche n'était plus sèche. Son cœur avait repris son rythme régulier.

– Mieux, beaucoup mieux.

– Bien. Ce sera un honneur pour moi de jouer au *Pok-a-tok* en votre compagnie. Cependant, je n'ai pas d'équipement. Pendant les entraînements, je joue sans en revêtir aucune pièce. Mais je préfère tout de même en avoir un pour les matchs officiels.

Pakkal se demanda comme Serpent-Boucle faisait pour faire rebondir la balle sur lui sans protection. La balle était dure et, même avec un équipement, cela lui faisait mal.

– Un équipement…, fit le prince. J'en ai un de rechange, mais il sera trop petit.

Étant donné que seuls les membres haut placés de la hiérarchie de la cité jouaient au *Pok-a-tok*, les équipements étaient rares. De plus, ils étaient faits sur mesure.

Pakkal songea qu'il n'y avait qu'un seul endroit où il pourrait dénicher un équipement pour Serpent-Boucle. Mais c'était insensé.

Soudain, le garçon entendit un hurlement derrière lui. Il se retourna et vit dame Kanal-Ikal sortir en trombe de la pièce principale du palais royal et dévaler les marches en courant. Elle s'agrippa à son petit-fils et désigna de la main le sommet du temple.

– Ta… ta… ta tarentule! parvint-elle à dire.

Pakkal n'avait jamais vu sa grand-mère dans un tel état. Elle était toute frémissante d'effroi.

– Il y a un problème avec Loraz ? demanda-t-il.

Dame Kanal-Ikal bafouilla :

– Elle… elle est grosse !

Le prince savait évidemment que sa grand-mère détestait les tarentules, et il s'en était toujours amusé. Cependant, cette fois, elle n'avait pas l'air dégoûtée mais bien terrifiée. Cela n'avait rien de drôle.

– Je suis désolé. Je vous promets de ne plus jamais la laisser en liberté en votre présence.

Des cris retentirent. Maintenant, c'étaient des soldats de l'armée de Palenque qui sortaient de la pièce principale en hurlant.

– Je vais aller voir, dit Kinam. Restez ici.

Mais Pakkal ne put s'empêcher de le suivre.

– Nom d'Itzamnà ! jura le chef de l'armée en entrant dans la pièce principale.

Le prince n'en croyait pas ses yeux. Kalinox, qui ne montrait aucun signe de peur, s'approcha de lui.

– C'est intéressant, n'est-ce pas ?

Loraz avait grossi. Pas un peu, plutôt énormément. Elle était aussi grosse qu'un tapir. Elle occupait toute la superficie de la table de pierre et frottait nonchalamment ses deux pattes avant, comme elle le faisait parfois pour se nettoyer.

– Que lui est-il donc arrivé? demanda Pakkal.

Pak'Zil se gratta le menton.

– Je n'en ai aucune idée.

Couché dans son hamac, le prince avait passé beaucoup de temps à examiner Loraz sous toutes ses coutures. Grossie des centaines de fois, elle était effectivement effrayante.

Pakkal fit doucement quelques pas vers la tarentule. Il toucha ce qui constituait sa tête. Même s'il la savait relativement sociable, elle restait un être primitif qui n'écoutait que son instinct.

Loraz réagit bien au toucher du prince. Lorsqu'il retira sa main, elle se retourna. Ce faisant, elle fit tomber le creuset dont Pak'Zil s'était servi pour broyer le *nic te'*. Lorsque Pakkal vit le récipient se fracasser sur le plancher, il comprit ce qui était arrivé à son animal de compagnie.

– Je crois qu'elle a mangé de la gomme de *nic te'*, dit-il à Kalinox. Pak'Zil a parlé de Cabracàn et de Zipacnà. Peut-être qu'ils sont devenus des géants parce qu'eux aussi en ont ingurgité.

— Bien observé, approuva Kalinox. Cela signifie qu'elle va probablement encore grossir.

— Sûrement. Nous devons la sortir d'ici avant qu'elle ne puisse plus passer par la porte.

Il demanda à Kinam de l'amener à un endroit où elle ne serait pas dérangée. Il fallait aussi l'attacher pour qu'elle ne se sauvât pas.

— Bien, soupira Kinam en regardant l'araignée avec crainte.

Le prince se dirigea ensuite, avec Serpent-Boucle, vers les représentants de Xibalbà qui étaient entrés un peu plus tôt dans Palenque. Il retrouva Selekzin et Ix Tab, la déesse du Suicide, seuls.

— Salut, prince Douze Orteils, lança Selekzin lorsqu'il vit apparaître Pakkal.

Ce dernier se demanda pourquoi ils étaient seuls. Habituellement, Xibalbà envoyait une délégation. Le prince trouva que c'était suspect. Cela ne laissait présager rien de bon.

Selekzin s'approcha de lui. Deux guerriers célestes lui barrèrent le chemin. Le démon leva les bras.

— Ne vous inquiétez pas, je ne ferai pas mal à cet être fragile et sans défense. Pas ici, en tout cas.

Ix Tab ricana en entendant le sarcasme du fils de l'ancien grand prêtre.

— Vous me laissez m'approcher de vous? fit Selekzin.

— Non, répondit Pakkal. Je ne te fais pas confiance.

— Pourtant, je suis venu ici, avec ma camarade, en toute bonne foi.

Les yeux de Selekzin bifurquèrent vers Serpent-Boucle.

— Serait-ce le roi de Calakmul à vos côtés? Ce roi qui a tué votre grand-père, le plus ou moins grand Ohl Mat?

Serpent-Boucle fit un pas en avant en bombant le torse.

— Que voulez-vous? demanda-t-il.

Selekzin éluda la question.

— Je ne savais pas que vous aviez des filles, claironna-t-il. Cinq.

Serpent-Boucle ne broncha pas. Selekzin se tourna vers Pakkal.

— Cinq belles filles. De vraies princesses, toutes couvertes de jade. Vous les auriez trouvées jolies, prince Douze Orteils, j'en suis persuadé.

— Si vous avez posé ne serait-ce qu'un seul doigt sur l'une d'elles, tonna Serpent-Boucle, ma vengeance sera terrible.

Selekzin fit non de la tête lentement.

– Je ne les ai pas touchées, dit-il. Je ne peux cependant pas en dire autant de ma camarade, ici présente.

Ix Tab salua de la main Serpent-Boucle. Celui-ci perdit son sang-froid. Il bondit en direction de Selekzin, mais des guerriers célestes stoppèrent son élan.

– Qu'est-il arrivé à mes filles? grogna-t-il.

– Vous connaissez la réponse, répliqua Selekzin. Pourquoi me posez-vous la question?

Il fallut quatre guerriers célestes pour maîtriser Serpent-Boucle. Selekzin repoussa ceux qui le retenaient et se dirigea vers Pakkal. Il s'arrêta à un pas de lui.

– Alors, vous croyez vraiment pouvoir nous battre au *Pok-a-tok*? Tout cela pour sauver votre pauvre ami l'esclave et Hunahpù? C'est un choix désespéré.

Pour ne pas vomir, Pakkal décida de respirer par la bouche. L'odeur que dégageait Selekzin était insoutenable.

– Nous vous avertirons lorsque nous serons prêts, lança le prince. Nous ferons résonner les tambours. Pour l'instant, repartez vers la Forêt rieuse.

Selekzin se tourna vers Ix Tab.

– Tu as entendu cela? Le prince Douze Orteils nous donne des ordres! Il devrait s'exercer davantage, ce n'est pas convaincant.

Pakkal ignora le sarcasme.

– La partie du jeu de balle devra se dérouler selon les règles de l'art, déclara-t-il. Toute forme de tricherie entraînera la défaite de l'équipe fautive.

– Ai-je déjà triché? demanda Selekzin, un sourire en coin.

Pakkal tourna les talons et laissa Selekzin en plan. Il était prince et, comme le terrain était situé dans la cité, il déciderait quand aurait lieu la partie de *Pok-a-tok*.

– Votre mère vous salue, lui cria Selekzin alors qu'il s'éloignait. Elle a bien hâte que vous veniez la retrouver.

Ce fut alors que Pakkal vit Laya courir dans sa direction. Mais elle ne s'arrêta pas. C'était Selekzin qu'elle voulait voir.

Laya était gardée en captivité dans une pièce où l'on entreposait les réserves de nourriture pour la famille royale, en cas de famine. Lorsqu'on l'avait enfermée là, on avait dû ajouter trois autres soldats aux deux qui montaient habituellement la garde en raison de sa détermination à s'évader. Sans aucun outil, elle avait réussi à ébranler la porte de l'édifice.

Pak'Zil se présenta devant les gardiens.

– Je dois entrer sur ordre du prince, leur lança-t-il.

– Mauvaise idée, fit l'un.

– Elle est déchaînée, ajouta un autre. Regardez ce qu'elle m'a fait.

Quatre longues stries sanglantes parcouraient ses bras, comme s'il venait de se faire griffer par un animal sauvage.

– Elle est cinglée.

– Laissez-moi entrer, insista Pak'Zil. Avec moi, elle sera plus raisonnable.

Les gardiens se regardèrent et le laissèrent passer.

– Vous ne pourrez pas dire que nous ne vous avions pas prévenu, marmonna un troisième.

Pak'Zil trouva la jeune fille assise, au fond de la pièce, sur un tas d'épis de maïs séchés. Elle avait la tête baissée. Ses cheveux lui recouvraient le visage.

– Laya ?

Sans crier gare, elle se redressa et se jeta sur Pak'Zil. Il tomba à la renverse. Elle lui maintint les épaules collées au sol.

– Tu dois me faire sortir d'ici, dit-elle, les dents serrées. Il est dans la cité.

– De qui parles-tu?

– Selekzin. Il est ici. Je dois le voir.

– Selekzin n'est pas ici.

– Si, il est ici. Je le sens dans mon ventre.

– Laisse-moi me relever et nous allons discuter.

Laya le lâcha. Dès que Pak'Zil fut debout, elle lui dit:

– Fais-moi sortir d'ici.

– Oui, je vais te faire sortir d'ici. Mais à une condition.

Il sortit la gomme de *nic te'* d'une pochette et la lui montra.

– Tu dois garder cela dans ta bouche. Mais tu ne dois pas l'avaler, en aucun cas, c'est clair?

– Qu'est-ce que c'est?

Pak'Zil ne pouvait pas lui dire qu'il s'agissait d'un moyen pour elle de se libérer du joug de Selekzin. Il devait inventer une raison bidon.

– C'est... euh... pour ton haleine.

– Mon haleine? Qu'est-ce qu'elle a, mon haleine?

– Eh bien... euh... au cas où tu aurais à embrasser Selekzin.

Laya prit la gomme de *nic te'*.

– Je t'ai toujours trouvé étrange, mais là, vraiment, tu te surpasses.

– Étrange ? Je ne suis pas étrange ! C'est toi qui l'es avec ton obsession pour Selekzin.

– Ce n'est pas une obsession. Je l'aime, voilà tout. Je ne peux rien y faire. Il est fort, il est beau…

– Mais il pue, la coupa Pak'Zil.

– Il ne pue pas. Il sent l'homme, il est viril. Tu ne sais pas ce que c'est, toi.

– Je ne suis pas étrange, murmura le garçon.

– Étrange ou pas, si je mâche cette gomme, on va me laisser quitter ce trou ?

– Oui. Et si tu dois embrasser Selekzin…

La princesse mit ses mains sur ses hanches et lança, offusquée :

– Ce n'est sûrement pas un scribe grassouillet et bizarre qui va me dire quoi faire !

– Je ne suis pas bizarre !

Laya mit la gomme de *nic te'* dans sa bouche et la mâchouilla.

– Au moins, dit-elle, elle a bon goût.

– N'oublie pas. Tu ne dois pas l'avaler.

– D'accord, d'accord. Alors, je peux partir ?

Pak'Zil lui laissa le chemin libre. Quand les cinq soldats la virent qui montaient la garde, ils se jetèrent sur elle.

– Laissez-moi ! cria-t-elle.

Le jeune scribe sortit et dit aux gardiens que le prince avait ordonné sa libération.

Lorsque les hommes reculèrent, Laya prit la poudre d'escampette.

Pak'Zil se planta à côté de l'un des soldats qui regardait Laya détaler et lui demanda :

– Je peux vous poser une question ?

L'homme hocha la tête.

– Vous me trouvez étrange ?

– Ouais, répondit-il. Pas mal.

Pak'Zil retourna dans la pièce où l'on gardait les réserves de nourriture et s'assit sur un pot en terre cuite. Comme chaque fois qu'il était contrarié, il sentit son estomac se contracter et demander qu'on le remplît. Il arracha un épi de maïs et croqua dedans. Même s'il n'était pas très frais, cela lui faisait quelque chose à manger. Puis le garçon songea à la gomme de *nic te'* qu'il avait mise de côté. Il se rappela l'odeur qu'elle avait dégagée lorsqu'il l'avait préparée. C'était appétissant.

Il savait qu'il ne devait pas l'avaler, mais il pouvait sûrement la mâchouiller. Il la mit dans sa bouche. Immédiatement, une délicieuse saveur fit frémir ses papilles, phénomène étrange pour un produit provenant du Monde inférieur. Cette gomme était un pur délice.

Pak'Zil sentit alors une démangeaison sur sa jambe. Il voulut se gratter, mais mit la main sur quelque chose de petit et de dur. Lorsqu'il regarda, il vit qu'il s'agissait d'un scorpion. Il se leva d'un bond et chassa la bestiole en donnant un coup de pied sur le sol.

Puis il se rendit compte qu'il n'avait plus rien dans la bouche. La surprise qu'avait provoquée l'apparition du scorpion lui avait fait avaler la gomme de *nic te'*.

Le jeune scribe s'inquiéta. Il était bel et bien écrit dans la partie des codex de Xibalbà qu'il avait lue qu'il ne fallait en aucun cas ingérer la gomme. C'était clair et net. Qu'allait-il donc lui arriver ?

Il ne se posa pas la question longtemps. Il eut un étourdissement, puis il sentit que son ventre se gonflait. Il dut s'asseoir sur le sol. Il ne se sentait pas bien. Il avait mal aux jambes et aux bras, comme s'il avait fait des exercices intenses sans s'être échauffé auparavant.

En regardant sa main, Pak'Zil ouvrit grands les yeux. Impossible ! Il poussa un cri de frayeur. Le soldat à qui il avait parlé quelques instants auparavant entra.

– Oh ! fit-il lorsqu'il vit ce qui se passait. Je vous avais bien dit que vous étiez étrange !

Laya courait dans Palenque comme si sa vie en dépendait. Elle cherchait Selekzin. Elle savait qu'il était là. Elle le sentait.

Une partie d'elle-même reconnaissait que cette obsession était exagérée. Mais une autre partie, beaucoup plus forte, était persuadée que Selekzin était l'homme de sa vie. Être éloignée de lui la faisait souffrir. Elle était prête à tous les sacrifices pour être avec lui. Y compris celui de sa propre vie.

Son instinct ne l'avait pas trompée. Elle le trouva près du temple royal. Lorsqu'elle le vit, elle sentit un pincement dans son ventre. Il était avec Pakkal, mais peu importait. C'était Selekzin qu'elle voulait voir.

Elle se jeta sur lui.

– Tu m'as tellement manqué, dit-elle.

– Ne me touche pas, marmonna Selekzin.

– Tu ne me reconnais pas ? C'est moi, Laya. Je t'aime.

La dame qui avait une corde au cou, derrière Selekzin, émit un rire guttural.

– Je ne te connais pas, répondit Selkzin. Tu m'écœures.

Laya s'agenouilla devant lui.

– Je suis à tes ordres, déclara-t-elle. Je ferai tout ce que tu me demanderas. Si tu veux que je tue, alors je le ferai.

Selekzin la regarda avec mépris. Il la repoussa et se retourna. La jeune fille passa ses bras autour de son corps.

– Ne me laisse pas. Je ne peux plus vivre sans toi. Plus tu t'éloignes de moi et plus je suis malheureuse.

Cette fois, le garçon l'écarta avec violence. Laya chuta lourdement. Il la prit par les cheveux. Elle poussa un cri de douleur.

– Je ne veux rien savoir de toi, cria-t-il. Tu es laide et tu me donnes la nausée.

Pakkal décida d'intervenir :

– Lâche-la.

– Avec plaisir, répliqua Selekzin.

Du bour du pied, il poussa Laya. Alors que Selekzin s'éloignait avec la déesse du Suicide, le prince alla réconforter son amie qui pleurait silencieusement. Il remarqua qu'elle avait la gomme de *nic te'* dans la bouche.

– Laisse tomber, murmura-t-il. Il ne te mérite pas.

Laya leva son visage inondé de larmes vers Pakkal.

– Je l'aime, se lamenta-t-elle.

Sans avertissement, elle se releva et courut en direction de Selekzin. Elle tira sur son bras. Lorsqu'il se retourna, elle colla ses lèvres aux siennes. Le baiser dura un bref instant, le temps que Selekzin réalisât ce qui se passait.

Il l'écarta brusquement. Puis il mit la main autour de la gorge de Laya et serra.

– Tu ne pourrais même pas plaire à un singe hurleur. Tu viens de me faire comprendre que, si je veux que tu cesses de m'importuner, je dois me débarrasser de toi.

Pakkal était prêt à intervenir. Mais il vit Laya asséner un fulgurant coup de poing dans le ventre de Selekzin qui, le souffle coupé, se plia en deux.

– Le singe hurleur, c'est toi, dit Laya.

Elle n'était plus la fille follement amoureuse de Selekzin, celle qui aurait tout fait pour lui. La gomme de *nic te'*, telle que prescrite par les codex de Xibalbà, avait été efficace.

Selekzin se redressa. Son visage était grimaçant de colère.

– Petite garce ! cracha-t-il. Tu ne sais pas à qui tu viens de t'attaquer.

– Tu crois ? demanda Laya.

Selekzin se jeta sur elle. Mais juste avant qu'il ne réussît à l'atteindre, elle se pencha. Une fois qu'il fut dos à elle, elle lui donna un coup de pied derrière un genou, puis en décocha un autre, mais cette fois dans le dos. Selekzin s'allongea sur le sol.

Ix Tab, en hurlant, se rua sur Laya. Elle lui empoigna les cheveux, et Laya en fit autant avec ceux d'Ix Tab.

Selekzin se releva. Alors qu'il s'apprêtait à donner une leçon à Laya, il fut arrêté par une main. C'était Serpent-Boucle. Le roi de Calakmul se pencha et lui donna un coup d'épaule. Il mit sa tête entre ses deux jambes, le souleva et le laissa tomber par terre. Serpent-Boucle entendit un craquement. C'était le cou de Selekzin qui avait émis ce bruit lorsque sa tête avait heurté le sol.

Le roi recula. Selekzin ne bougeait plus.

Laya était arrivée à faire lâcher prise à Ix Tab. Elle lui envoya un coup de genou sur le nez. La déesse de Xibalbà tomba la tête la première dans la poussière. Elle semblait avoir perdu connaissance.

Voyant Selekzin immobile, Laya s'approcha de lui pour lui décocher un coup de pied dans les côtes.

– Et ça, c'est pour toutes les filles que tu as maltraitées. Si, un jour, tu oses refaire le coup à quelqu'un d'autre, tu vas me trouver sur ton chemin, salaud. Et cette fois, je ne serai pas gentille.

Selekzin mit sa main autour de la cheville de Laya. Il leva le bras et elle se retrouva sur les fesses.

Selekzin fut vite sur pied. Sa tête avait une drôle de position : son menton était collé à sa poitrine. Il prit une mèche de ses cheveux et tira sa tête vers l'arrière pour la remettre en place. Son geste fut accompagné d'un craquement sec.

Ce fut alors que plusieurs guerriers célestes, suivis de leur chef, formèrent une ligne devant Pakkal et Serpent-Boucle. Comme si c'était ce qu'ils attendaient pour intervenir, des chauveyas apparurent dans le ciel, puis se posèrent. Laya profita de la diversion créée pour rejoindre le prince de Palenque et le roi de Calakmul.

Selekzin pointa un doigt accusateur vers Pakkal.

– Je vais vous détruire. Xibalbà vaincra.

Même s'il savait que c'était contraire à l'esprit sportif, Pakkal ne put s'empêcher de lancer une boutade :

– Tu devras auparavant apprendre à te défendre correctement contre une fille. Après, tu pourras songer à anéantir la Quatrième Création.

Selekzin poussa les chauveyas qui se trouvaient devant lui et voulut s'en prendre au prince, mais des guerriers célestes s'interposèrent.

– Tes jours dans le Monde intermédiaire sont comptés, prince Douze Orteils.

Il n'y eut pas d'affrontement, même si la tension était palpable. Selekzin, les chauveyas et Ix Tab, qui, avait du mal à marcher en ligne droite tellement elle était sonnée, se retirèrent sans autre cérémonie.

– Je ne peux pas croire que j'étais amoureuse de cette ordure, dit Laya. Il est si… abject.

– Moi non plus, répondit Pakkal.

Il esquissa un sourire de satisfaction.

À des lieues de là, Katan, le chef de l'armée de Calakmul, celui qui s'était partiellement transformé en chauveyas, fut réveillé par une douleur à la cuisse. Il avait l'impression que quelque chose l'avait pincé.

Il s'était littéralement effondré de fatigue après avoir transporté les corps des membres de l'Armée des dons en haut de la montagne, en lieu sûr. Il était épuisé. Il avait du mal à mettre un pied devant l'autre. Dès qu'il eut trouvé un endroit sûr, il s'étendit de tout son long et sombra dans un profond sommeil.

En rouvrant les yeux, Katan vit une masse sombre au-dessus de lui. Puis on lui plaqua sur le cou deux objets tranchants. Il crut qu'il s'agissait de couteaux. De ses mains, il parvint à les écarter. Il empoigna son bâton hérissé de morceaux d'obsidienne tranchants et frappa, sans toutefois discerner clairement sa cible.

Le bâton fit un bruit sec, comme s'il venait de frapper de la pierre. Katan réalisa que son arme était restée coincée dans la carapace... d'un scorpion. Il dut s'aider de ses pieds pour dégager son bâton. Son assaillant ne semblait nullement affecté par son attaque.

En reculant, le guerrier remarqua qu'il était entouré de bêtes de la même taille que celle sur laquelle il s'acharnait. Elles avaient de grandes pinces et une queue surmontée d'un aiguillon. C'étaient des scorpions, mais ils se tenaient debout. Et ils étaient géants.

Katan voulut s'envoler, mais on lui asséna un coup de pince qui le catapulta plus loin. L'un des scorpions géants remua sa queue et visa, avec son aiguillon, le chef de l'armée de Calakmul. Ce dernier exécuta une roulade au dernier moment, mais se heurta aux pattes d'un autre scorpion. Avant que la bête ne tentât de l'emprisonner dans ses tenailles, il lui envoya un coup de bâton entre les deux pinces. Cette fois, il parvint à l'assommer.

L'homme-chauveyas se releva et battit immédiatement des ailes. Dès qu'il eut dépassé la cime des arbres, il fut agressé par une chauve-souris géante qui tenta de le mordre. Il la repoussa avec son bras, puis lui donna un coup de bâton en pleine gueule. Le chau-veyas chuta, et Katan entendit son corps briser les branches d'un arbre.

Il tourna la tête de gauche à droite, voulant s'assurer qu'il n'allait pas être surpris une autre fois. Sa transformation l'avait pourvu de la même faculté que les chauves-souris : il pouvait repérer des obstacles, même dans le noir, par écholocation. C'est ainsi qu'il sut que deux chauveyas venaient dans sa direction.

Le guerrier parvint à esquiver le premier, mais pas le second. Il fut percuté de plein fouet. Il en perdit le souffle, sans compter son arme. Le chauveyas attrapa son bras avec sa gueule. Katan essaya de se libérer en frappant la bête sur le crâne, mais ses dents étaient plantées trop profondément dans sa chair.

Il décida de cesser de donner des coups d'ailes et de se laisser tomber. Le chauveyas tenta de compenser en battant des ailes plus rapidement, mais Katan était trop lourd. Sa tactique fonctionna : la chauve-souris géante le relâcha.

Cependant, Katan avait mal calculé son altitude. Ne se croyant pas encore à la portée des scorpions géants, il voulut s'élever de nouveau, mais une de ces horribles créatures le retint par ses vêtements. Il battit des ailes et entendit ses vêtements se déchirer. Alors qu'il croyait pouvoir s'en sortir, un autre scorpion enserra sa cheville. Cette fois, l'homme-chauveyas fut rabattu au sol.

Vivement, il chercha son arme, mais il ne la trouva pas. Il se retourna et vit plus loin un scorpion et, dans une de ses pinces, un objet long dégageant une source de lumière instable. Il réussit à se défaire de ses deux assaillants, en se servant de ses ailes, se retrouva sur la branche d'un arbre. De là, il put mieux observer la source lumineuse.

En y regardant de plus près, Katan constata que le bâton produisait en fait des éclairs. C'était donc la lance de Buluc Chabtan. Il ignorait comment c'était possible, mais il se dit que le scorpion l'avait sûrement dérobée au prince Pakkal. Malgré les nombreux scorpions géants qui l'entouraient, il se donna pour mission de la récupérer.

Mais ce n'était pas chose aisée. Les scorpions étaient, pour l'instant, trop agités. Katan n'en avait jamais vu d'aussi gigantesques et puissants. Les chauveyas en comparaison des scorpions ne faisaient pas le poids.

Il lui fallait tout d'abord récupérer sa propre arme. L'homme-chauveyas devait se dépêcher avant qu'un de ces scorpions géants ne s'en empare. Il la repéra à quelques pas de lui. Un scorpion avait la patte dessus. Dès que la bête se retira et qu'elle fut assez loin, Katan s'envola. Il atterrit, se pencha et décolla de nouveau pour retourner dans l'arbre. Cette fois, cela avait été facile. Il se demanda si les scorpions s'étaient même aperçus de quelque chose. Ils n'en avaient pas l'air. Restait maintenant à mettre la main sur la lance de Buluc Chabtan.

Le chef de l'armée de Calakmul vit soudainement les scorpions s'affoler et s'enfuir dans tous les sens. Tout en gardant un œil sur celui qui tenait la lance dans une de ses pinces, il sauta de branche en branche jusqu'à ce qu'il prît conscience de ce qui se passait : le sol tremblait. Ce n'était pas un tremblement de terre, puisque les vibrations n'étaient pas continues. Katan songea qu'il devait s'agir de Zipacnà ou de son frère, Cabracàn.

Il vit alors, devant lui, un énorme pied de Maya écraser des dizaines d'arbres. Il s'envola juste à temps : l'arbre sur lequel il était perché fut pulvérisé quelques instants plus tard.

Katan s'était trompé. Ce n'était ni Zipacnà ni Cabracàn : c'était Pak'Zil, le jeune scribe ! Il avait maille à partir avec de nombreux chauveyas. Il tentait de les chasser comme s'il s'agissait de moustiques.

L'homme-chauveyas s'approcha de Pak'Zil et se posa sur son épaule nue. Alors qu'il allait lui parler, il vit la main géante tenter de l'écraser. Il se retira au dernier instant et la main claqua sur la peau.

– Pak'Zil !

Katan avait beau crier, il ne parvenait pas à attirer l'attention du jeune scribe. Celui-ci était aux prises avec un nouvel assaut de chauves-souris géantes ayant détecté la présence de l'homme-chauveyas. Quelques coups de bâton et leur sort fut réglé.

Pak'Zil s'éloignait de plus en plus de Palenque. Le guerrier voulait le forcer à revenir sur ses pas. Il s'approcha de son oreille.

– Pak'Zil ! C'est Katan.

Le scribe s'arrêta. Katan crut qu'il avait enfin réussi à faire remarquer, mais il changea d'opinion lorsqu'il vit les traits de Pak'Zil se crisper. Le pauvre garçon semblait effrayé.

Katan regarda dans la même direction que Pak'Zil. À quelques pas de géant se trouvait une ombre menaçante. Elle ressemblait au dieu des Tremblements de terre.

• ☀ •

Pakkal était satisfait de ce qui venait de se passer. Avec Selekzin, il avait fait preuve de fermeté et cela avait fonctionné: le match de *Pok-a-tok* aurait lieu quand bon lui semblerait.

– Comment ai-je pu être si idiote?

Laya continuait à se faire des reproches.

– Je vais en avoir honte le reste de ma vie. Ce n'était pas moi, c'était comme si on avait pris possession de mon corps. Ne me reparlez plus jamais de cette histoire, d'accord? Plus jamais. Effacez-la de votre mémoire.

Serpent-Boucle se tourna vers Pakkal.

– Elle parle toujours autant?

– Non, fit le garçon en continuant de regarder devant lui. C'est pire, habituellement.

– J'ai besoin de m'exprimer! s'exclama Laya. Vous pouvez comprendre? Je suis traumatisée!

Le trio s'arrêta devant un bâtiment.

– Où allons-nous, prince Pakkal? demanda Serpent-Boucle.

– Nous allons vous trouver un équipement pour le jeu de balle.

– Dans cet édifice?

– Vous rendez-vous compte? poursuivit Laya. Et que faisiez-vous pendant que j'étais accrochée aux pieds de Selekzin? Vous me regardiez en vous bidonnant?

Pakkal se tourna vers la princesse.

– À titre de renseignement, si tu es parvenue à t'en sortir, c'est grâce à Kinam et à moi. Il a fallu que nous trouvions des fleurs qui ne poussent que sur les lieux où une grotte de Xibalbà a déjà émergé. Ça n'a pas été aussi facile que tu peux le croire.

– Une fleur! Y a-t-il quelque chose de moins difficile à cueillir? Bien sûr, il a fallu que tu fasses l'ultime effort de te *pencher*.

Le prince poussa un soupir d'exaspération en regardant Serpent-Boucle.

– Vous devriez abandonner, murmura ce dernier. Je crois que vous n'arriverez pas à avoir le dernier mot.

– Effectivement, répliqua Laya. Je suis un cas désespéré.

Elle leva la tête vers le sommet de l'édifice devant elle.

– Que fait-on ici?

– À ma connaissance, c'est le seul endroit à Palenque où l'on puisse trouver un équipement pour jouer au *Pok-a-tok* qui soit de la taille de Serpent-Boucle.

Le roi de Calakmul fit quelques pas en direction de la porte d'entrée. Elle était bloquée par un bloc de roche rectangulaire. Il approcha son visage afin de lire les glyphes qui y étaient gravés. Il s'aida du bout de ses doigts. Puis il tourna la tête vers le prince.

– On ne peut pas entrer là-dedans, dit-il.

– Si, on peut, répliqua Pakkal. Il y a une entrée de l'autre côté.

Serpent-Boucle hocha vigoureusement la tête de droite à gauche.

– À Calakmul, il est formellement interdit d'entrer dans ce genre d'endroit. Je suis persuadé que c'est la même chose ici.

– Vous avez raison, fit le prince. Mais c'est une exception.

– Il n'y a pas d'exception qui tienne.

– Si vous voulez jouer au jeu de balle, il vous faut un équipement adéquat. Le seul qu'on puisse trouver est ici.

– Réalisez-vous, prince Pakkal, qu'il s'agit du tombeau de votre grand-père?

– Oui, je le réalise.

– On vous a déjà raconté ce qui arrive aux gens qui osent entrer dans un endroit sacré?

– Oui. Je crois que ce ne sont que des sornettes pour éloigner les pilleurs de tombes.

– Non. Les gens qui pénètrent dans un endroit sacré sont victimes d'une malédiction dans la journée qui suit.

– Cela nous laissera un jour de répit si nous remportons la partie de *Pok-a-tok*, rétorqua Pakkal.

– Nous devons trouver une autre solution.

– J'y ai pensé et c'est véritablement la seule solution. Vous fabriquer un équipement prendrait trop de temps. Et mon grand-père comprendra. C'est justifiable.

– Il ne s'agit pas d'Ohl Mat, répondit Serpent-Boucle. Il n'a rien à voir avec la malédiction. C'est un endroit réservé aux morts, et on dit qu'à compter du moment où la porte est refermée, des chuyok rôdent.

– Des *chuyok*? demanda Pakkal. C'est la première fois que j'entends parler de ça.

– Il s'agit d'esprits qui assurent l'intégrité des lieux. On ne sait pas d'où ils viennent. Ce ne sont pas eux qui tuent directement: ils provoquent des accidents mortels.

L'idée de pénétrer dans le temple funéraire d'Ohl Mat était, aux yeux de Pakkal, complètement folle et logique à la fois. Si dame Kanal-Ikal, sa grand-mère, apprenait son méfait, il serait banni de la famille. Les temples funéraires étaient des lieux sacrés. Mais c'était la seule solution s'ils voulaient avoir quelque chance de gagner au *Pok-a-tok*. Sans équipement, de graves accidents pouvaient se produire lors d'une partie.

Pakkal et Serpent-Boucle virent alors Laya décrocher une torche et se diriger vers l'arrière du temple.

– Que fais-tu? lui demanda le prince en lui emboîtant le pas.

– Nous n'avons pas de temps à perdre, répliqua-t-elle. Il faut agir.

– Si on meurt, on ne sera pas plus avancés.

— Tu as peur de cette malédiction? Ça ne peut pas être pire que d'être amoureuse d'un être ignoble tel Selekzin.

Ils s'arrêtèrent devant la porte qui menait à l'intérieur du temple. Sur le linteau, le nom du grand-père de Pakkal était gravé. Ohl Mat n'aurait pu s'imaginer que son petit-fils allait mettre les pieds dans le temple.

Laya s'approcha de l'entrée. Pakkal se plaça devant elle, lui bloquant l'accès.

— Tu n'entres pas là!

— Vraiment? Qui va m'en empêcher? Toi?

— Non, moi.

C'était Serpent-Boucle. Il prit la torche que la princesse tenait dans ses mains.

— C'est à moi d'y aller.

— Je vous accompagne, dit Pakkal.

— Non. Je vais y aller seul. Ma mort n'aura pas des répercussions aussi tragiques que la vôtre. Si c'est ma modeste contribution pour sauver la Quatrième Création, eh bien, tant mieux!

— Je suis sûr que vous n'allez pas mourir, déclara le prince. Il y a sûrement un moyen de contrer cette malédiction.

Serpent-Boucle posa une main sur son épaule.

— C'est ce qu'on verra.

Puis il s'engouffra dans le temple.

Pak'Zil, devenu géant, recula devant Cabracàn. Même s'il était de la même taille, le dieu des Tremblements de terre était beaucoup plus intimidant que lui.

– Tu crois qu'il m'a vu? lança le jeune scribe à Katan qui venait de se reposer sur son épaule.

– Tu n'es pas difficile à manquer.

Sans quitter des yeux le géant qui se trouvait devant lui, le garçon demanda:

– Tu crois que si je ne bouge pas, il ne me verra pas? On peut éviter de se faire attaquer par certains animaux en restant immobile.

– Je sais, mais je t'assure qu'on ne peut pas te manquer. En plus, tu parles, et je suis sûr qu'il peut t'entendre.

Pak'Zil fit un pas à reculons. Il regarda le sol et eut un vertige.

– Je suis grand! Ça me donne mal au cœur.

– Il avance, dit Katan.

– Quoi?

– Ne panique pas.

– Et pourquoi pas? fit Pak'Zil. C'est sûrement le bon moment!

– Essaie de le persuader que tu n'es pas une menace.

Le scribe leva les bras.

– Salut! Je suis Pak'Zil. Je veux être ton ami. J'ai déjà grimpé sur tes épaules et j'ai été malade par la suite.

– Pas besoin d'entrer dans les détails, soupira Katan.

Mais Cabracàn avançait toujours. Pak'Zil mit les mains devant lui, comme s'il voulait se protéger.

– Je t'assure, si tu ne vas pas bien, tu peux m'en parler. Je vais comprendre.

À l'aide de ses deux mains, Cabracàn repoussa Pak'Zil. Ce dernier tomba sur le dos avec fracas.

Katan s'était envolé. Avec son bâton, il fonça en direction de Cabracàn. Il savait que, pour lui faire mal, il devait viser les yeux. Il choisit le droit. Cela eut l'effet escompté. Le géant poussa un cri et mit sa main sur sa blessure.

Katan rejoignit Pak'Zil, toujours sur le dos.

– Relève-toi!

Le jeune scribe se redressa et déguerpit. Le chef de l'armée de Calakmul se dirigea de nouveau vers Cabracàn. Cette fois, il voulait toucher son œil gauche.

Alors qu'il allait lui asséner un autre coup, il fut arrêté dans sa course par la main du géant. Elle se referma sur lui. Katan était plongé dans l'obscurité totale. Il s'attendait, d'un instant à l'autre, à être écrabouillé. Mais cela ne se produisit pas. Lorsque Cabracàn rouvrit les mains, le guerrier vit des dizaines de chauveyas se précipiter vers lui.

Pak'Zil détestait courir. Il préférait de beaucoup se plonger le nez dans un codex. Mais il n'avait pas le choix. Dans sa course, il déracinait les arbres.

Il y eut alors un vrombissement. Le scribe s'arrêta et se retourna. Cabracàn était loin. Mais il sautait sur place. Ce fut alors que Pak'Zil vit une crevasse se former dans le sol et passer entre ses deux énormes jambes en s'élargissant dangereusement. Avant d'être écartelé, il se jeta de côté. Il tenta de repérer le géant à tête de tortue, mais il n'était plus là.

– C'est moi que tu cherches?

Pak'Zil sentit qu'on le poussait dans la crevasse. Au dernier instant, il parvint à s'agripper au rebord.

De son côté, Katan se battait avec l'énergie du désespoir contre les chauveyas. Il lui semblait que, chaque fois qu'il parvenait à en mettre un hors d'état de nuire, cinq autres apparaissaient. Il se rendit compte qu'il ne servait à rien de les combattre ; ils étaient beaucoup trop nombreux. Il essaya de s'envoler, mais les soldats de l'armée de Xibalbà le retinrent au sol. Il fut mordu à plusieurs reprises, puis il vit que les chauveyas avaient obtenu du renfort : les scorpions géants. Le chef de l'armée de Calakmul, qui n'envisageait jamais la défaite quand il se battait, commençait à trouver la situation désespérée. Jusqu'à ce qu'il réalisât que les scorpions et les chauveyas ne s'entraidaient pas, mais se battaient entre eux. Quelques instants plus tard, il y eut une accalmie. Katan en profita pour s'envoler.

Il aperçut alors Pak'Zil. Il était en très mauvaise posture. Les pieds dans le vide, le jeune géant tentait désespérément de sortir de la faille. Cabracàn avait la tête penchée et le regardait. Katan se dit qu'une seule personne pouvait l'aider : Zipacnà. Il fonça en direction de la cité.

Pak'Zil sentait qu'il n'allait pas pouvoir résister longtemps. Ses bras avaient beaucoup de mal à supporter le poids de son corps. En désespoir de cause, il tendit la main à Cabracàn.

– Aidez-moi ! Je ne veux pas mourir !

Mais le dieu des Tremblements de terre resta de marbre.

Le scribe essayait, avec ses pieds, de s'extirper de la crevasse.

– Aidez-moi !

Contre toute attente, Cabracàn lui empoigna la main et le tira vers le haut.

– Oh ! merci ! s'écria Pak'Zil.

Cependant, lorsqu'il mit un genou sur le sol, le géant à tête de tortue le relâcha. Puis il lui asséna un coup de pied en pleine poitrine. Le jeune scribe retomba dans la crevasse. Cette fois, il parvint à s'accrocher à des racines.

– Tu croyais vraiment que j'allais te tirer de là ? lança Cabracàn.

– Pourquoi ? demanda Pak'Zil qui ne savait pas combien de temps il allait pouvoir tenir. Pourquoi être si méchant ? À quoi cela mène-t-il ?

Le dieu se mit à genoux.

– Tu as raison, fit-il. Cela ne mène à rien.

Il tendit sa main. Une à une, les racines cédaient sous le poids de Pak'Zil.

– Je ne veux pas mourir, lâcha-t-il en regardant vers le bas.

Il n'avait d'autre choix que de faire confiance à Cabracàn. Sinon, c'était la mort assurée.

– Allez, dit Cabracàn, attrape ma main.

Pak'Zil l'agrippa.

Katan trouva rapidement Zipacnà. Il dormait sur le dos. Ses narines émettaient un sifflement régulier.

– Zipacnà! cria-t-il. J'ai besoin de ton aide.

Mais le géant ne bougeait pas. Le guerrier décida de voler jusqu'à son nez. Avec son bâton, il gratta l'intérieur d'une de ses narines. Zipacnà éternua et Katan fut projeté très loin dans les airs.

L'homme-chauveyas revint à la charge. Cette fois, il décida de concentrer ses efforts sur les oreilles du géant. Il s'approcha et hurla:

– Réveille-toi!

Zipacnà se redressa subitement. Katan lui indiqua l'endroit où Pak'Zil et son frère se trouvaient. Le géant courut à la rescousse du jeune scribe.

Lorsqu'il arriva sur les lieux, il vit Cabracàn qui tenait une des mains de Pak'Zil suspendu au-dessus du trou béant.

– Cabracàn! fit Zipacnà.

Le géant à tête de tortue tourna la tête. Il sourit à son frère.

– Non, cria ce dernier, ne fais pas ça!

Cabracàn ouvrit alors la main. Pak'Zil n'eut aucune chance: il chuta.

Serpent-Boucle savait que, en mettant les pieds dans le tombeau d'Ohl Mat, il signait son arrêt de mort. La malédiction était impitoyable. À Calakmul, deux voleurs avaient été arrêtés après avoir pénétré dans le monument funéraire qui abritait le corps de Ohl Mat. Ils avaient essayé de s'emparer des bijoux de jade que l'on avait ensevelis avec la dépouille. Le roi n'avait même pas cru bon de les juger, sachant pertinemment qu'ils allaient mourir le lendemain. Il ne s'était pas trompé : une partie de l'édifice où ils se trouvaient s'était écroulée sur eux. Pourtant, ce bâtiment n'avait été construit que quelques années auparavant. Les chuyok avaient accompli leur mission. Avec zèle, en plus. Les trois soldats qui étaient allés cueillir les deux voleurs dans le tombeau avaient également connu un funeste sort. L'un s'était fait attaquer par un jaguar, un autre avait trébuché sur sa lance qui lui avait transpercé le ventre, et l'on avait retrouvé le dernier dans son hamac, mort durant son sommeil.

Alors qu'il circulait dans les corridors, Serpent-Boucle se demanda comment allait se présenter sa mort. Violente ? Douce ? Rapide ou lente? Cependant, une seule chose lui importait: il se retrouverait, après des épreuves à Xibalbà, dans le Monde supérieur. Il serait alors un dieu.

— Un dieu tu ne seras jamais.

Serpent-Boucle agita sa torche. Le corridor était étroit. Il ne voyait personne, devant lui ni même derrière.

— Qui êtes-vous? demanda-t-il.

— Un dieu tu ne seras jamais, répéta la voix.

— J'en deviendrai un. Je suis le roi de Calakmul.

— Mauvais roi tu as été.

— J'ai été un bon roi, fit Serpent-Boucle, insulté. Qui êtes-vous pour porter un jugement aussi faux? Montrez-vous si vous l'osez.

La voix se tut. Le roi attendit quelques instants, puis il poursuivit sa marche. Au bout du corridor, il fit face à une fresque. Elle représentait la partie de *Pok-a-tok* qu'il avait livrée à Ohl Mat. Il s'en souvenait comme si c'était la veille.

— Triché tu as, déclara une voix.

— Je n'ai pas triché.

— Ordonné tu as, à tes soldats, de malmener Ohl Mat.

— Je n'étais pas au courant.

— Ordonné tu as, à tes soldats, de malmener Ohl Mat, dit de nouveau la voix. Victoire tu ne croyais pas possible. Meilleur que toi le roi de Palenque était et cela tu savais.

Le roi de Calakmul ne répondit rien.

– Arrogant et insensible tu as été. Plus qu'elle ne t'admirait la population de Calakmul te craignait.

Serpent-Boucle s'assit sur le sol et colla son dos au mur.

– J'ai tenté d'être le meilleur roi que j'ai pu.

– Faux. Souvent sur tes agissements des doutes tu as eus. T'amender jamais tu n'as fait. Mauvais roi tu as été. Mauvais mari tu as été. Mauvais père tu as été. Mauvais Maya tu es.

Serpent-Boucle se releva et décida d'ignorer la voix. Mais elle restait toujours aussi près de lui.

– Un pacte avec Xibalbà tu comptes passer. En K'inich Janaab Pakkal et à sa volonté de sauver la Quatrième Création tu ne crois pas. Dès que tu le pourras tu trahiras.

Serpent-Boucle s'arrêta.

– Ce n'est pas parce que j'y ai pensé que je vais le faire.

– Résister à la tentation de ton égocentrisme tu ne pourras pas.

– C'est pour ça que j'ai décidé d'entrer dans le tombeau d'Ohl Mat. Je serai mort demain, je ne pourrai plus nuire à qui que ce soit.

– À te faire mourir tu ne crois pas qu'on arrivera vraiment. Trop imbu de toi-même tu es pour t'imaginer mort.

– C'est assez! cria le roi de Calakmul. Je ne suis pas né pour obéir à un enfant de douze ans, même s'il a six orteils à chaque pied, même s'il est né le même jour que la Première Mère. Dès que j'en aurai l'occasion, je démontrerai à Xibalbà que mon offre est sérieuse en assassinant Pakkal sur le terrain de *Pok-a-tok*.

Serpent-Boucle entra finalement dans la salle principale. Il y avait là un tombeau recouvert d'une pierre sur laquelle étaient gravés de nombreux glyphes à la gloire du roi mort. L'équipement de jeu de balle d'Ohl Mat était dans sa tombe.

L'homme tenta de bouger la pierre, mais elle était trop lourde.

– D'aide as-tu besoin?

– Non, fit Serpent-Boucle.

Il essaya par tous les moyens de déplacer la pierre, mais n'y arriva pas.

– Soulever la pierre je peux, dit la voix.

Serpent-Boucle perdit patience.

– Alors, fais-le!

La pierre s'éleva dans les airs. Lorsqu'elle fut à une bonne hauteur, le roi de Calakmul avança sa torche. Il vit le squelette d'Ohl Mat portant l'équipement de *Pok-a-tok* et de nombreux bijoux en jade. Il prit les plus jolis et les glissa dans ses poches. Puis il entreprit de retirer l'équipement. Mais la tâche n'était pas aisée. Serpent-Boucle planta sa torche dans le sol et plongea la main dans la tombe. Ce fut alors que la pierre le recouvrit. Il se retrouva prisonnier avec les restes d'Ohl Mat dans son dernier lieu de repos.

Il tenta de crier, mais il comprit rapidement que cela ne lui servirait à rien. Il essaya de pousser la pierre avec son dos, puis avec ses pieds. Elle ne bougea pas. La respiration de Serpent-Boucle se fit de plus en plus saccadée. Il manquait d'air. Il sentit la panique s'immiscer en lui. Il devait sortir de là. Il ne pouvait pas mourir ainsi. Alors qu'il poussait désespérément sur la pierre, il sentit qu'on la soulevait. Dès que l'espace fut suffisant, il s'y glissa. À tâtons, il chercha les genouillères et les coudières. Il prit sa torche et s'élança dans le corridor. Il devait sortir de là à tout prix.

– Mauvais roi tu es, fit encore la voix.

Enfin, l'homme se retrouva à l'extérieur. Il s'emplit les poumons d'air frais.

– Que s'est-il passé?

C'était Pakkal.

– Vous avez le front couvert de sueur.

– Il fait chaud, là-dedans, expliqua Serpent-Boucle.

Il lui montra ce qu'il avait réussi à trouver.

— Très bien, dit le garçon.

— Je suis certain que vous et moi pourrons vaincre Xibalbà au *Pok-a-tok*, fit le roi de Calakmul en enfilant l'équipement de protection.

Pakkal sourit.

— Vous avez raison, répondit-il. Nous allons former une bonne équipe.

Serpent-Boucle posa sa main sur son épaule.

— La meilleure qui soit.

Dans la Forêt rieuse, au milieu des cris des singes hurleurs et des perroquets, on entendit, provenant de la cité, des roulements de tambours. C'était le signal qui prévenait Xibalbà que la partie de *Pok-a-tok*, qui allait sceller, entre autres, le sort de la cité de Palenque, pouvait commencer.

À suivre dans

Pakkal — La lune bleue